JN262503

レオン＝ポオル・ファルグの詩

La poésie de Léon-Paul Fargue

秋元幸人

Yukito AKIMOTO

思潮社

レオン＝ポオル・ファルグの詩

秋元幸人

思潮社

目次

I 邦訳ファルグ文献便覧

II　レオン＝ポオル・ファルグの詩

装画＝デュノワイエ・ドゥ・スゴンザック
写真（扉）＝マン・レイ
装幀＝思潮社装幀室

レオン＝ポオル・ファルグの詩

Ⅰ　邦訳ファルグ文献便覧

1　自序

Léon-Paul Fargue。一八七六年にフランスはパリに生まれ、パリに生き、一九四七年にパリに逝ったこの詩人を、私は深く愛しつづけている。或る時は少年期の友アルフレッド・ジャリの影に隠れ、また或る時は青年期の友ポオル・ヴァレリーの影に隠れ、この詩人は本国に於いてさえ盛名隆々たるというわけではない。モオリス・ラヴェルやエリック・サティとも交遊を結んだことから、事によると音楽畑の人々の方がその存在を記憶に留めていることが多いかも知れない。しかし例えば一九八五年の冬には、サン・ジェルマン・デプレのメトロ構内が、これも親交の有った画家スゴンザックの手に成るファルグ像によって華やかに飾られたことがあったし、その界隈では何処よりもシェ・リップが、彼の父親の経営した工房の作にかかる美しい陶板の大壁画を今に残し、舌鼓を打ちながらこれに眺め入ることも出来て、ファルグの名はあながちに忘れ去られたばかりではない様子も有る。

そのサン・ジェルマンからぶらぶらと来て何の成心もなくこの詩人の小品集『パリの歩行者』*Piéton de Paris*（1939）をジベール書店の函売りから抜き取ったのは、思えば四半世紀の昔。埃に焼けながらも初版本だったガリマール社はブランシュ版のその一冊をささやかな蒐集の手始めとしたようなものの、定型詩、散文詩、随筆、時評と多岐にわたったその活動は豪華な限定本を含んで五十冊以上にもなんなんとし、更には初出限りで散逸したままの作品も有るなどして、この詩人の全貌はなかなかに見据え難い。それでもここ何年かの間にぽつぽつと著作集が再刊されるようにはなった。不思議なのは、昔も今も翻訳事業花盛りの日本に在って、これだけ豊饒でマラルメにも近しく、右のヴァレリーやヴァレリー・ラルボオと同人誌を興すなどして鹿爪らしい文学史的な話題にも事欠かないこの詩人の著作が、ごく僅かしか紹介されてこなかったことで、星の数ほども有る手ごろな邦訳フランス詩撰の類には先ずファルグの名は見当たることが無いようである。これは事によるとこの詩人の書いたものがどうしても日本語には移し変えられない部分を多く含んでいるためかも知れなくて、確かに私も心底この矮小・陰険・湿潤の風土日本に嫌気がさし見も知らぬ belle époque というやつを慕わしく思うようになるたびに、決まってこの人の本を手に取る。両者に通うものは全く皆無な場合がしばしばだからである。

それでも改めて見渡してみると、まことに具眼の士というに足るゆかしい幾人かの面々が、ファルグの詩を立派な日本語に訳してはいた。しかも数少ないそれらの翻訳は、かつがつ詩・散文・評論の全面に及んでいるようでもある。今本書を始めるに当って先ず以て私が執り行うべきは、どうやらそれらを点検し整理してかかることに如くはないように思う。その一一の巧拙を小姑根性で詮索しようというのではない。妄りに先入観を用意して詩に接しようとするのでもない。偏に冷静なる江湖の人の眼で、享受されてきた過程を通覧し、この本邦では耳遠い名の詩人の著述を捉えなおすことから、私はその価値と意義とを愉快に確認したいと冀うからである。もとより乃公出ずんばの気概は毛の先ほども持ち合わせないが、蟷螂が蛮勇を奮ってみるのは、それはまた先々の話ということになる。

2 山内義雄訳

邦訳ファルグ文献の筆頭は、どうやら山内義雄（一八九四―一九七三）による三篇の詩のようである。その経緯を、大作『チボー家の人々』の訳者は後にこう書き留めている、

レオン・ポオル・ファルグが死んだ。何か書けといはれる。私としても何か書かなければ

ならない責任といつたやうなものを感じる。といふわけは、おそらくファルグの作品を一当始めに翻訳紹介したのが私であるやうに思はれるからのことなのだ。そのころどうしてそれを手に入れたか覚えてゐないが、私は彼の『詩集、附り、音楽のために』（*Poémes, suivis de Pour la musique*）を初めて手にして大いに傾倒した。そして『詩集』の中の散文詩「夜の匂ひ」一篇とともに、『音楽のために』の中の自由詩「日曜日」「かはたれ」の二篇をえらんで私の第一訳詩集『仏蘭西詩選』の中にこれをおさめた。一九二三年のことであるから、今を去る二十五年の昔である。

今私が家蔵するのはポオル・クロオデル染筆の貼り函に富田溪仙装画の表紙を得て東西和合した美しい『山内義雄譯詩集』（一九三三）一巻だが、ここにも、右の《Une odeur nocturne, indéfinissable》、《Dimanche》、《Au fil de l'heure pâle》は、「かはたれ」が「たそがれ」の語を以て当られている以外異同も無く、収録されてある。更に角川文庫版『山内義雄譯詩集』（一九五四）白水社版『フランス詩選』（一九六四）にも、これら三篇は採録され、訳者の執心のほどが偲ばれる。そしてファルグの詩の本領を、山内は次のように見定めていた、

極めて都会的な感覚の詩人。ファルグは、黄昏と、思ひ出と、さまざまな物の匂ひをこの

上なく愛してゐる。だが彼は、それらをもつて在来の幽暗朦朧たる詩的世界をつくりあげるかはりに、すべてを近代的感覚による強靱透明な線をもつて截断し、都会生活者のみのもつこの上ない鋭敏な感性によつて把握される近代的風景を描き出すことに成功している。そして、黄昏も、物の匂ひも、思ひ出も、それらはきらめき出す燈火、街路をゆく乗合自動車、高架鉄道のひびき、暮れかかる路上に立ちのぼる子供達の叫びとともに、都会生活そのもののかもし出す微妙なシンフォニーをつくり上げてゐる。この点『恋はパリの色』に於けるジュル・ロマンの境地と喚びかはすものであり、またその意味に於て現代に於ける最も都会的な、最もパリ的な詩人であるといつた感じである。しかも彼の心的風景への切り込みのきびしさは、その寡作と相俟つて彼をして終生俗衆から拒絶された孤高の詩人たらしめてゐる。

（「印象」一九四八、『遠くにありて』一九七五所収）

なるほどレオン＝ポオル・ファルグの詩境はこれであらかた言い尽くされたようなもので、流石に「私の最も愛好する現代詩人の一人」と慕いつづけた人の言だけのことはある。肝心の三篇の訳詩も、師匠上田敏は『牧羊神』仕込みのこなれた日本語。仮名遣いを除けば今読んでみても古びたところは少しも無く、耐用年数のうちに充分に腰を据えて艶を放っている感が有る、海のやうな田園、草の粗《あら》い匂ひ。
夕立の通つたあとの草花のうへに、吹き過ぎる鐘の音《ね》のあらし。
雨に濡れた青い庭のなかに、よく透《とほ》る子供の声。

悲しめるものにひらかれるおぼろな日射し、これら凡てのもの、いまこの午後《ひるさがり》の懶《ものう》さのなか
　に漂ふ。

時は鳴る。あたりは和《なご》やか。私を愛してくれるものたちが其処にゐる……

わたしは光りのやうに和《なご》やかな子供の語る言葉をきく。
食卓は簡素のままに賑はしく、
立ちならぶ蠟燭の静寂《しじま》のやうに純《きよ》らかな品々でしつらはれてゐる。

恩恵《めぐみ》のやうに空は暑さをおくる。
村に照る明るい太陽は窓々を賑やかす。
日曜日《どんたく》のことゆゑ、みんな手に手に提灯や花を持つてゐる。

遠くの方で風琴が蜜のやうな歔欷《すすりなき》を転がしてゐる。
あの……

（「日曜日」）

（前略）
薄れ日がまだ土塀のうへに徘徊《さまよ》つてゐる。
そして優しい手から滑り出て、我等を影の方へとみちびく。
雨かしら。夜が来たのか。
とほくの方を、暗い、年老いた足取りが、
古い樹木の眠る公園の土塀にそつて歩いて行く。

（「たそがれ」）

あの幽暗にして、たとしなへなく、そしてまた優しい疑念《うたがひ》の念《おもひ》を齎《もたら》して来るそこはかとない夜の匂ひが、いま開け放たれた窓から、仕事をしてゐる私の室の中へと入つて來る。猫は水甕のやうにすつくと坐つて夜を狙ふ。この敏捷《すばしこ》い眼差のわが珍宝は、その緑色の眼をあけて、私をじつと見守つてゐる。

洋燈は貝殻のやうに優しく軽い唄をうたふ。そして、物みなを和《なご》ませる両の手をひろびろとひろげる。その投げる円光の中からは、蠅のうたふ連禱、斉唱、また追唱の声が聞える。

（下略）

（「夜の匂ひ」）

3　淀野隆三訳

次いでファルグの訳詩を、短期の間にしかも集中的に、世に問うたのは淀野隆三（一九〇四―一九六七）だった。発表誌は名高い戦前の篤実なクオータリー誌「詩と詩論」。ここに彼は、*Poëmes*（1912）及び *Pour la musique*（1914）の二詩集から都合九篇を選んで編んだ「レオン・ポオル・ファルグ詩抄」（第四冊及び第五冊＝一九二九）、アフォリズム集「珈琲の音」《Bruits de café》（1928）全訳（第六冊＝一九二九、第七冊＝一九三〇）の二作に加えて、自ら著す小伝「レオン・ポオル・ファルグ／Léon-Paul Fargue」（第四冊）、当時知名の諸家の評を蒐めて成った雑誌 *Les Feuilles libres* 特輯号「レオン＝ポオル・ファルグ讃」*Hommage à Léon-Paul Fargue*（1927）からポオル・ヴァレリー、バンジャマン・クレミューの評論（第五冊）と、都合六本もの稿を寄せている。しかも「詩と詩論」は更に府川恵造という人物が同じ「レオン・ポオル・ファルグ讃」から選出した評論「フヮ《（ママ）》ルグのオマァジュ二章」（第七冊）をも載せ、これらを忠実に読む時はかなりの理解を得られるほどに、懇切を極めた紹介の労を取ったのだった。

今、九篇の詩に限って細目を記せば、淀野隆三のファルグ訳は以下の如くである。慣例に従って原題を欠くものは訳詩共々最初の一文を以て識別する。「モルフの翼のやうに青い暁はなほ開くことだらうか、」《Pourrait-elle s'ouvrir encore l'aube》、「ひとがお前に残酷であつた郷国《くに》へ恋もなく帰り給へ。」《Retourne aux pays sans amour》、「かれらは黄昏にはいつて行つた。」《Ils entrèrent aux crépuscule》、「帷はつひにこの光と、」《Une tenture enfin semble filtrer》、「父の永遠の思ひ出に」《Aeternae memoriae patris》、「停車場は……」《La gare se dressait》、「悪い心」《Mauvais cœur》、「暮れ方は……」《Le soir se penche avec langueur》、「ロマンス」《Romance》。淀野はまたこのうちの五篇に手を入れ、同じく*Poëmes*からの「巷の悲しい……」《Des enfants jouent et crient》を加えた計六篇を、後に菱山修三編『續仏蘭西詩集』（一九四三年）に寄せた。その一つ、「かれらは黄昏にはいつて行つた。」の改訳、「ものみな黄昏初める時」だけは、更に後年浅野晃編『フランス詩集』（一九六六年）にも収録されている。ファルグの一面をよく示すと同時に、訳者淀野隆三という人が「蒼穹」や「器楽的幻覚」の著者梶井基次郎の三高以来の友人だったことをも想起させるようなこの詩は、次のように始まっている、

かれらは黄昏にはいつて行つた。——ランプがその翼を室のなかで拡げた。そして、誰かが私の肩の上に手を置いた。かの女は行つてしまつた。荒涼とした声が云つた。——開いて

ゐる戸口からは、暑さに疲れた跫音、鈍い声、優しい声、そしてまた夜の爽かな物音が聞こえてきた。帷のない窓は、あの蜃気楼の低くなつた街を、そして河のやうに動いてゐる街路の奥を見せてゐた……

かの女は行つてしまつた。私は光のない階段の上に音もなく戸を開いた。踊場には噴水の幽かな嘆きしか聞えない。だが、私は、黄昏の手が手摺りを滑つてゆくのを見た、私の手の前を……（下略）

（「詩と詩論」第四冊版）

どことなくランボオの詩やマックス・エルンストの画に現れる「都市」をも連想させるような中盤の条からも判る通り、この詩は感傷的な情緒に流されているばかりではない。ここにはこの訳者も指摘するファルグの特徴の一つが、端的に表されてもいたのだった、

ファルグは風景を自由に切断し、思ふがまゝに変形する。そしてこの自由な創意的な切断に於いて、彼の追憶は、音楽を伴つて現れる。彼は音譜を以て絵画的なる詩を書く。彼の詩に於いて音楽と絵画とは融合してゐる。

（淀野隆三「レオン・ポオル・ファルグ／Léon-Paul Fargue」）

4　淀野隆三訳承前

訝しいのはこれだけ纏まった淀野隆三の翻訳が、ついに右の初出誌掲載のまま顧みられることなく終ったことで、一方、その連載と同じ時期に同じ雑誌が掲載したジャン・コクトオやブレーズ・サンドラルス、マックス・ジャコブの詩は、各々堀辰雄、飯島正、北川冬彦といった訳者を得て、直ちに同じ出版社から「現代の藝術と批評叢書」の各冊として単行本化されたことを思えば、そこにはやはり何か紹介の仕方に見込み違いが有ったのではないかという憶測が働く。申すまでも無くフランス本国に於けるレオン＝ポオル・ファルグの名はこれら三詩人と並べても別して見劣りするものではない。のみならず彼はしばしば分類するに手を焼かれた挙句これら三人と一緒に整理されてしまうことが多い詩人だった。してみれば問題は淀野の邦訳の側に在って、なかでも疑わしかったのは、こればかりは活字の号数も大きくたっぷりと余白を取った一段組みのアフォリズム集「珈琲の音」の内容とその扱われ方だった。

詩集『ラムプの下で』*Sous la lampe*（1930）が所収する「珈琲の音」は、全百二章の断章から成る作品だが、実を言えばその原題《Bruits de café》は「カフェでの噂」といった具合に訳されるべきもので、さればこそ、巻頭のエピグラフ、淀野訳では「食後の僅かの珈琲は、自尊の念を抱かせます。マダム、これはヴィリエ・ド・リイラ・ダンの云つたことです。／（千九百年より前の新アテネの対話）」とあるところは、たらふく飲み食いした仕上げにエスプレッソを流し込めば、ついつい埒も無い饒舌が促されて、お互い誉め合ってばっかりいるようになるもんなんですよ、というほどの意味合いを持ってくる。またその出典を示す括弧内の文章もこんなアール・ヌウゥヴォオのプラトンみたいな小難しいことを言っているのではなく、パリ9区はトリニテ教会の北、ロマンティスムの影響を受けたネオ・クラシック様式のアパルトマンが建ち並ぶ辺りをNouvelle Athèneと言いならわして、つまるところは盛り場をちょっとだけ外れたその界隈での昔語りの体。いや、なに、これはその程度に罪の無い漫言なんです、という思惑を先立てながら、原著者ファルグは自他共に向けて忌憚無く批評の刃を向け、それこそコクトオばりに、職業の秘密に迫っている作品なのだったが、如何にせん、頻出する話題は昔も今も日本人にはとっつきの好いものではなく、更には些かの誤訳が目に付く出来でもあった、

——学者病。大学心酔。舎監の攻撃移転。執拗なるソルボンヌ。

——俗人病。軍　隊《ラ・グラント・ミユエット》のやうに、重苦しく陰険なる。愛の攻撃に押し進む《亀甲型防護楯《マヌウブル・ド・ラ・》・演習《トルチウ》》。

観念の組合せ、語の組合せ、文字の組合せ、記号の組合せ。

《mecano》（機械ノ意カ——訳者）の置き代のきく部分。

それは、洞《うつろ》に響く、かさかさと、トリックトラック遊びの如く、眠むたげに、響く。

………しかし、細胞のなかを掻き回して見よ、諸君は、核のなかにデュラン某氏をしか見出さない、治療する資格をもたないと諸君に言つたデュラン某氏をしか。


こうしたアフォリズムの形式は、発表の時期からすれば、どうしても芥川龍之介や萩原朔太郎の同種の作品を想起させるところだったろうが、詩的な意想の奔逸はこちらの方が幾回りか大きいという気がする。馴染みの薄い内容を多く含んでいることとも相俟って、或いは当時一般読者の気をそそることが少なかったのではと忖度する所以がこれである。しかし、淀野隆三訳のファルグ諸作にあって、初出誌「詩と詩論」の編輯者春山行夫が尊重したのは何よりもそんな「珈琲の音」一篇だった様子が有る、

★（珈琲の音）Bruits de café はエッセイを殆んど書かないファルグが彼の芸術観を披瀝した珍らしいもので、詩集“Suite famirière”に収められてゐる。この詩集も他の三つの詩集と同じく出るとすぐ絶版になったが最近“Suite famirière”と“Banalité”と二冊纏められて“Sous la lampe”となつて出た、n. r. f. 版。
（春山行夫「詩と詩論」第六冊「後記」）

★淀野隆三氏の「珈琲の音」(ファルグ)は前号の続きで、この号で終了。前号に書いた通り、ファルグは殆んどかういふエッセイを書かない詩人だけに、その観察に特異な境地があるのが窺はれます。

(春山行夫「詩と詩論」第七冊「後記」)

私が疑義を差し挟みたいのはこうした編輯部の意向と訳者淀野との懸隔に就いてなのであって、基よりレオン＝ポオル・ファルグは「殆んどかういふエッセイを書かない詩人」なぞでは決してなかった。彼にはこうした筆致だけで成らしめた著作が幾らも有った。そのことを、淀野隆三はおそらく熟知していた筈、もっと言えば、この種の翻訳には様々な意味で無理が生じることを察知してもいた筈だったと私は思う。その辺りの行き違いから、やがて淀野はファルグの邦訳そのものに嫌気が差したのではなかったろうか。私はそう忖度するのである。

雑誌「詩と詩論」は「珈琲の音」後半を載せた第七冊刊行後にもなお七冊が販売され、更には周知の通り「文學」と改題されて発展的な解消を遂げていったわけだが、そこに淀野隆三訳レオン＝ポオル・ファルグの名が印刷されることは二度と再び無かった。そして淀野はこの後マルセル・プルウストの例の大作完訳に力を注ぎはじめたのだった。戦後になって、彼は邦訳『ヴァレリー全集7／マラルメ論叢』(一九六七)のために、前記 *Hommage à Léon-Paul Fargue*

所収のポオル・ヴァレリー著「レオン・ポオル・ファルグ瑣言」《Notules sur Léon-Paul Fargue》一篇のみを改訳している。かなりの熱中ぶりを示したかに窺われる淀野隆三とファルグとの縁はどうやらそれが全てなようだったが、それでも、例えば一九五四年刊行の淀野隆三訳角川文庫版ジイド『狭き門』は、巻末のごく簡潔な訳者紹介欄に「ファルグに傾倒」の一行をなお載せて、この一般読者にまでは伝わることの少なかった出会いの幸せを留めている。

5 堀口大學訳

ともかくも全訳が成った《Bruits de café》に、春山行夫が珍重する同じアフォリズム形式の断章集《Suite famirière》(1929)を併せ、その各々から日本の読者にも合点がゆく部分だけを抜いて最小限度の註を施したのが、戦前最後の邦訳レオン＝ポオル・ファルグ作品、堀口大學(一八九二―一九八二)の手に成る「ファルグ一家言」(一九三二)である。『月下の一群』の詩人はこれ以外にはファルグの著述を訳すことなく、時代からすればぴったりと重なる筈の名高いその訳詩集は一つも彼の詩を収めてはいないのだが、数有るファルグ作品から敢えて重複を恐れぬこういう選択をなしたこと、またその発表の時期が近かったことを考えれば、或いは堀口大學は右の淀野訳をよく意識していたのかも知れない。劈頭にわかに「ファルグの詩の大部分は散文詩だが、彼の散文の大部分は詩だ」と見極めたのを裏切らず、この紹介は純然たる詩篇の翻訳を欠くことを充分に補いうる練れた筆致で終始している。

思えば《Suite familière》という題名が既にして日本語としては座りが悪いということは、ここで言っておく必要があるかも知れない。Suite は或る一ト連なりの物事を指す言葉である。そこから、音楽用語の組曲や算術の数列を指すことがある。これもやはりファルグと親交が有ったクロオド・ドビュッシーのピアノ小品集「ベルガマスク組曲」は、その原題を《Suite bergamasque》といった。これに形容詞 familière が続くところが難物で、これは馴染みの、親しげな、或いは馴れ馴れしいの意味。とはいえこれを「おなじみの組曲」「聞きなれた組曲」といった具合に纏めたところで、何の気分も出てくるものではない。殊更古めかしく「ファルグ一家言」と命名された理由はどうやらその辺りに端を発しているのではなかったか。その内容が些か柔らかく自他の詩法や知友の月旦にも忌憚無く亙るところからすれば、いっそ谷崎潤一郎もどきに『饒舌録』といった具合に持ってゆけば、《Suite familière》という言葉は垢抜けのした日本語に成るのではないかという気持ちも私には有るのだが、それはさて置きとして、独特の文体にこってりと染め上げられた堀口大學の「ファルグ一家言」はこんな塩梅のものだった、

古典からの引用はしないこと。若々しい君の恋人の前に、墓の中から掘り出して君の祖母

さんを連れて来るやうなものだから。

過読はよろしくない。君は自身の均整を失ひ、あたら姿のいい君の細胞をいたづらに肥満させる結果になる。

旅行しすぎるのもよろしくない。これもまた感情の上の狂人か、成上り者のすることだ。

職業化する勿れ。整形術を避けろ。品のいいディレッタントたれ。

——よき作家は、一日一語づつ葬る作家だ。

——思想の組合せ、言葉の組合せ、文学の組合せ、符牒の組合せ。お互ひに置換へることの出來る「メカノ」の片々。これではまるで、トリックトラック盤のやうに空な、ひからびた、睡気をさそふ音がするだけぢやないですか！

訳者註。Trictrac 戦争将棋に類する一種の遊戯。

――アポリネエルは、偶然を玩《もてあそ》んだのだが、大体運にめぐまれ、時には憎らしいほど好運だつた。彼は紙の上にインキの汚点をこさへる、彼はそれを折る、爪で八方へ線を引く、開けて見る。すると立派な絵が出来てゐたのだ。彼は別に大した骨折りもしなかつたのだ。

これら長短全八十五章の本文に先立って、「ファルグ一家言」は序文代わりの次の文章を載せている。舶載された新着雑誌のゴシップ欄辺りから仕込まれた知識なのか、或いは訳者自らが外遊中実地に親しく見聞きするところでもあったのかと、読者の想像が楽しく膨らむ条だろう。ここには、名こそ明かされていないものの、友人ヴァレリー・ラルボオや活動の時期を同じくしたポオル・モオラン、ブレーズ・サンドラルス等々とおぼしい人々との対比や、私が冒頭に記したサティとの仕事の機縁が偲ばれるようになっている様子も見える、

(前略)この巴里生れの巴里つ子は、巴里を愛するのあまり、旅行した事がない。彼の友人や同僚には、世界を股にかけて馳け廻る大旅行家が多いのに、彼だけは、巴里を愛し、巴里で満足してゐる。彼にとつては、巴里が全世界なのだ。彼は夜になると巴里の市中を縦横無尽にぶらつき廻る。彼ほど巴里を愛し彼ほど夜を愛する男はあるまいと云はれている。夜ふけの三時頃、短くなつた葉巻を唇に、彼が酒場の物音からのがれて、ひよつこり出て行く姿が

よく見受けられる。ファルグは何より先づ詩人だ、彼の遠慮深さの故に、彼の孤立した態度の故に、彼の恬淡な気質の故に、世間は久しく当然与へられるべき声誉を彼に与へ兼ねてゐた。彼の口から出る言葉の一つ一つは、耳なれぬ音に響く。彼は読者の心に、かつて知られなかつた新しい興趣を植ゑつける。／彼は好んで奇態な言葉を発明する。それは旌旗のやうにひるがへり、花火のやうにはぢける。彼は音響の中に、失はれた意味を見出したり、拾ひ上げたりする。彼は音楽のうちに、空より遠い夢をたづねる。（下略）

後段で仄めかされているのは、所謂 néologisme、ファルグに著しい新語・造語の傾向である。この詩人の作品には辞書に無い字が幾らも在って、それが一つの特色を成しているからである。それに就いては、しかし、後述する詩集『潜水人形』*Ludions*（1930）の条で述べることにしたい。

「ファルグ一家言」の手柄は、アフォリズムに託されたファルグの批評眼を、日本の読者にも解りやすいかたちで、披露してみせたことに在る。ここまで本書にお付き合い下さった方々には、納得のゆくところかと思う。しかし、元来やや捻じくれたかのような気分を持つファルグの詩は、どこまでもフランス流の明澄さを基盤に置いて多くエロスと戯れる体の大學詩とは性格を異にするものだった。「夕ぐれの時《とき》はよい時《とき》。／かぎりなくやさしいひと時《とき》」（『月光とピエロ』）、あの堀口の詩はそれこそ「かぎりなく」ファルグの世界に近い情緒を湛えているのだが、彼がこれ以上深入りしなかった理由は、おそらくそんな辺りに求められるのではなかったか。

6　福永武彦訳

戦後の邦訳ファルグ作品は福永武彦（一九一八―一九七九）による『詩篇』*Poëmes* 抄訳に始まる。小説「夢みる少年の昼と夜」「廃市」「忘却の河」の作者福永とレオン＝ポオル・ファルグとの邂逅は、思えば限りなくめでたいものの一つだった。（子供たちが、日の暮れ方、……）《Des enfants jouent et crient》、（ものみなは黄昏の中に沈んだ。……）《Ils entrèrent au crépuscule》、（庭の匂ひ、樹々の匂ひの……）《Dans un quartier qu'endorent l'odeur》、（欄干に燈が点く。……）《La rampe s'allume》、（あるかないかの夜の匂ひが……）《Une odeur nocturne, indéfinissable》、（生は帰つて行つた、……）《La vie tournait dans son passé》。選ばれたのは以上六篇、これらを福永は、総じて極めて親切な訳者を得て行き届いたシリーズ、平凡社版『世界名詩集大成』第四巻「フランス篇Ⅲ」（一九六二年）に掲載した。後に仮名遣いが改まって家集『象牙集』新版（一九七九年）に収録された方に就けば、その翻訳はこんな味わいのものだった、

（ものみなは黄昏の中に沈んだ。……）

ものみなは黄昏《たそがれ》の中に沈んだ。――一つの洋燈《ランプ》が部屋の中で翼をひろげた。そして誰かが私の肩に片手を置いた。彼女は往つてしまつた。一つの声が姿も見せずに告げた。――開いたドアの間から、暑気に倦んだ重たげな足音、ひそひそいふ話し声、甘えるやうな声、それに夕暮時の爽やかな物の響き、などを聞いた。カーテンのない窓からは、幻のやうに低く低く沈んで行つた都会、河のやうに流れて行く幾つかの通りの底が、見えてゐた……

彼女は往つてしまつた。私は音もなくドアを開き、明《あか》りのない階段に出る。踊場では、噴水のひつそりしたすすり泣きしか聞こえなかつた。しかし私は、私の手の前に、手摺《てすり》に沿つて滑つて行く「夕べ」の手を見た……

私は部屋にはひつた。すぐに私のよく見馴れた衣類、彼女が椅子の上に脱ぎ捨てて行つた衣類が、眼にとまつた。私は手で触り、その匂ひを嗅いだ。確かに彼女は、この黄昏の部屋の中の至るところで、微妙に顫へてゐた。そして至るところに、最も美しい形態をした分子のやうに、彼女の眼がきらきらと光り耀いてゐた。

そして私は身じろぎもせず、涙も零《こぼ》さずに、その部屋にじつと佇んでゐた。私は唇に触れる軽やかなそよぎによつて、気も狂はんばかりに彼女の存在を感じてゐたから……

福永は、シリーズ全巻の方針を遵守する初出版にのみ、丁寧な解説を付けている。簡潔ながらも明瞭に、しかも自家の文藻の匂いをよく留めたその内容は、示唆に富む部分を含むものだった、

レオン＝ポール・ファルグ

レオン＝ポール・ファルグ Léon-Paul Fargue（1876-1947）は今世紀はじめのパリの詩人である。ランボーやラフォルグなどの象徴派の影響を受け、キュビズムの画家たちとも交渉があり、初期のN・R・F文学運動の一人でもあったが、特に流派に属することもなく、孤立して僅かばかりの詩を書いた。散文詩、定型詩のいずれの場合にも、内省と追想との夢みるような詩風を、変化に富んだヴィジオン、しばしば奇妙なデフォルマシオンで飾り、ファンテジストの一人としても数えられている。作品は多くパリに取材し、都会生活の情緒に溢れているが、より個人的な追憶を音楽のように歌うことに巧みだった。詩を音楽に近づけることに努力した詩人ということが出来よう。作品は『タンクレード』Tancrède（1911）に始ま

り、『詩篇』Poëmes（1912）、『ランプのもと』Sous la lampe（1929）、『パリの歩行者』Le Piéton de Paris（1939）などがある。（福永武彦）

『詩篇』

『詩篇』Poëmes はファルグの特色を示した初期の散文集で、全篇が夕暮れ時の情緒に包まれ、それを追憶によって彩っている。音楽的なやわらかい文体によって書かれているが、その詩的イメージはしばしば鋭いキュビズム風の飛躍を持ち、必ずしも優美繊細というだけではない。（福永武彦）

注目したいのは、ここに「変化に富んだヴィジオン、しばしば奇妙なデフォルマシオン」を備え「しばしば鋭いキュビズム風の飛躍を持」っている、とあるところで、いち早く戦前に淀野隆三が小文「レオン・ポオル・ファルグ／Léon-Paul Fargue」で指摘していたファルグ作品に於ける「切断」と「変形」、「自由な創造的な切断」ということの意味は、これら今日ではおそらく誰しもが耳慣れている筈の三つの用語のお陰で、漸くはっきりとしてくるように思う。淀野も福永も、要するに、美術家が製作の過程で執り行っているような細かな視点の動かし方、様々な対象の切り取り方、そしてそれらの整え方に就いてを指しているのである。詩でも散文でも、確かに、レオン＝ポオル・ファルグの文章は事物の単純な描写には留まらず、常に何らかの飛躍を備えている。一つの文から次の文へと移る間に、読者はしばしば黙考し想像することを余儀無くされる場合が多いのである。

再び『象牙集』に返れば、その後記「新版ノオト」に、福永武彦は次の一行を書き付けている、

ファルグの「ポエム」は私の偏愛する散文詩集で、今でもときどきその全訳を夢みることがある。

同じところに「だいたい訳詩集などといふものが既に時代後れ」「一巻の訳詩集はまさに詩の代用品」「訳詩などといふものは畢竟つまらんものだ」と記しながらのこの願望は、やはり極めて正直で切実な告白だったと見なすべきだろう。狂った偏執の域には走らない節度を持った玩草亭主人福永武彦の静謐な文人気質は、実際或る種のファルグ作品にも濃厚に漂っているものだった。その全訳の果たされなかったことは、おそらくファルグその人にとって、不幸な事態だったようである。

7 秋山和夫訳

それではレオン＝ポオル・ファルグは、ごく一ト口に言って四季派風の、穏やかで当り障りの無い抒情のみを糧として詩作に当ったのか。そんなことはなかった。現に福永武彦の解説文中に「必ずしも優美繊細というだけではない」と有り、山内義雄の随筆中に「彼の心的風景への切り込みのきびしさ」が挙げられていたのを思い出して頂きたい。傍の思惑をあれこれと気にしながら小器用な集団生活を営む日本人には心身共に及びもつかないようなしつこく粘って爆発するラテン系人の狂躁も、ファルグの詩には著しく認められるところだった。そして、なぜか、私が蒐めた邦訳ファルグ文献は、近年に至るほど、彼のその面を輸入することに努めているかのような気配が有る。これは或いは日本の所謂現代詩の歴史、及びそれを取り上げるマス・コミュニスムの視点の絞り方と歩みを同じくしてのことだったかも知れない。ともかくも一九八〇年代以降の紹介の仕方は、従来とは少しく面目を改めることとなって、その第一番が、実に初めて邦訳された小説風の散文《La Drogue》(1927) だった。「我が国初の系統的・本格的なフランス幻想文学選集」の謳い文句の下に窪田般彌・滝田文彦が編纂に当たった白水社版『フランス幻想文学選』第三巻「世紀末の夢と綺想」(一九八三)、ここに「麻薬」の邦題でこの作品を載せたのは秋山和夫（一九四七―）だった。

一人称独白体の体裁を取る「麻薬」は、ジャンルの上からはコントの範疇に入れられるべきものである。すなわちこれは、邦訳を所収する叢書名に違うことなく、フランス文学お家芸、コント・ファンタスティックの一篇で、特に筋らしい筋を備えたものではなかった。舞台は当代のパリ。此処に趣向を凝らしては随意に顕ち現れてやまぬ不可思議な存在、「彼」と、これに途惑う「私」の綿々たる語りとが主眼である。思えばボオドレールからアンリ・ミショーまで、フランス文学と薬物との交流も久しいもので、或いは作者ファルグにも斯道の深淵を垣間見た経験が有ったものか、ところどころ見たばかりの夢を口で話して再構成するもどかしさに似た飛躍や省略も混じり、どこか上ずったような文体と共になかなかに読者を飽きさせることが無い、

（前略）ぼくは動かなかった。むこうからぼくに働きかけてきたのだ。ぼくには、もう再び浮き上がることも、再び活力を蓄えることも、自分を安定させ、考えを集中させることも出来なかった。事態に対処するだって？　だがそもそもぼくの相手は誰だったのだ？　ぼくが対面している相手は、正確には何者だったのだ？（中略）細心の注意を払いながら、そしてさまざまの前提と後悔を抱きながら、ぼくは街通りを、家並みに気分を害して人々が曲がって行く方向に沿って歩き回った。

中盤、逃げるが如く誘うが如き「彼」の歩みのままに、「私」はパリ市中を引き回される仕儀に陥る、

また歩き出した。タバコ屋から、三軒ほど店をのぞく。家の形がとりどりの界隈だ。レ・アール、サン＝ドニ街、ラ・シャペル通り。ぼくの好きな所を、ぼくは横切って行く。雑踏から離れたとおりを、鉄道の待避線に沿って、ちょうど作業中の蒸気機関車が動いていくように消え、また何かの船の中甲板の舷窓に火が点《とも》るように現われる一種の様式《スタイル》を持った建築の一部のようになっている娼婦たちの人垣を縫って進んで行く。

どことなくアンドレ・ブルトンは「ナジャ」の雰囲気も立ち籠めてくる条だが、それも道理で、レオン＝ポオル・ファルグは所謂シュールレアリストたちからも範の一人と仰がれていた詩人だった。実際、首領ブルトンは一回り以上も年下ながらこの先輩をよく立て、幾つか献辞を贈ったり、「リテラチュール」「ミノトオル」等自ら興した雑誌に寄稿を求めたりもしている。両者は名高いアドリエンヌ・モニエの書店でも、醜聞を引き起こしたフランシス・ピカビアの個展でも顔を合わせ、どことなくアイドルの追っかけめいても見えるブルトンの姿はファルグ伝

のそこここに見え隠れしているのである。その思いの最たるものは、しかし何を措いても、「シュールレアリスム第一宣言」(1924)中の一行に留めを刺すだろう、「ファルグは雰囲気に於いてシュールレアリストである。」同じ「宣言」中にはまた次の条も見え、「麻薬」の内容と相俟って興がそそられるところでもある、「超現実的なイメージというものは、人間が二度とふたたび思いだすことのできない、が、そのくせ自然発生的に、いやおうなしに浮かんでくる、あの阿片の見せるイメージのようなものである」(稲田三吉訳)。

目先を変えては彩を成すそんな「麻薬」の「超現実的なイメージ」には次のようなものも有る。作中足早に「私」の前を進む「彼」がにわかに姿を変え、これをきっかけとして、複数の幻影群が聖アントワーヌの誘惑よろしく湧き出し、「私」を翻弄しはじめる条である、

ほかの人間には見えているのかどうかわからないが、ぼくには、そんなものがいろいろ見えるのだ。吸取紙に吸いとられるように、素焼きレンガの壁に吸い込まれていくものもいる。ある日には、工場の壁の同じ場所から二人の男が入ってゆくのを見たこともあった。夜の闇があたりをとりまいていた。二重になった二人の姿の輪郭があぶりだしのように壁に写っていて、しばらく壁石の上に光っていた。連中は今どこにいるのだろう? ぼくはそう思いながら、影が重なって写っているその壁の前にながいことたたずんでいた。二人のうちの一人

が、こちらに出たがっているように見えたので、ぼくはその場から大急ぎで逃げ出した。

ここから思い出されるのは、おそらく堀口大學訳によって古く大正時代から日本でもお馴染みの、アポリネールの有名なコント「オノレ・シュブラック滅形」《La Disparition d'Honoré Subrac》(1910) だろう。遅れること十七年にして成った「麻薬」の作者自身がそれを意識していたものかどうか。ブルトンが担ぎ廻ることこそ無かったようなものの、アポリネールもまた超現実 surréalisme ならぬ超自然 surnaturalisme の信奉者だったことと思い合わせて、私には面白く感じられる部分である。

こうして「麻薬」は、後半に及んで精神と物質との対立にまで話を広げてゆく。「彼」とは終に、「向こうの世界」là-bas からの来訪者、「精霊」l'esprit divin に他ならず、その使命は人体から物質性 la matière を追い出すことに在ったようだったのである。啓示を受けつづける「私」は現世に在らざるをえぬがままに一種の「懐疑主義」の虜となり、精神と物質という古来対立してきた二大観念の渦中に巻き込まれる、

人間は、《お前たちはたしかに存在しているのだ》と語りかけている神に耳を傾けていない。だから、自分自身まで疑って、崩壊しつつあるのだ。人間が敗血症で死ぬように、人類は懐

疑主義の攻撃を受けて死につつある。神との差を示すこの感覚力。だが、ぼくは、どうやってそうしたことが展開していくかを知りたいのだ。

ああ、ぼくは活気にみちていた西洋の亡霊なのだ！

してみれば選ばれた標題「麻薬」とは、あながちに感覚を鈍磨させせる薬剤としてではなく、むしろ意識を強く覚醒させ深い自覚を促すための秘薬として用意されたものであるようだった。

ファルグの詩は、初期の知的でメランコリックな情調をたたえた自由詩からイマージュの交響しあう散文詩へと発展した。訳出した一篇は詩集『密度《エペスール》』*Epaisseurs*（1928）所収のもので、近代の不安が、パリという都市空間を狂気と交錯しつつ彷徨する姿がみごとに定着されている。

短いながらも読み応えのある訳文に、秋山和夫はこんな解説を施している。敢えて「(本邦初訳)」と断りを付けたことにも自負が感じられる紹介と見なすべきだろう。

8　窪田般彌訳・附秋山邦晴訳

先頃方今の若い衆と談笑の折に、彼等がしきりと「CD屋」「CD屋」を連発するので、へへえと身を竦めたことがある。まさかに蓄音機とは申さないが、こちらは無論「レコード屋」と言い習わし、ドーナツ盤とLPとで育った身。今でも長い曲なぞをまさにその安っぽい銀ピカのCDで聴きなおす時は、あ俺のレコードはここで三回針が飛んだんだっけなぞと妙な懐かしさを覚えたりもする。確か東芝EMI発行のそんなLP盤に、七〇年代中頃と記憶するが、一枚のエリック・サティ歌曲集があった。その歌詞カードは窪田般彌（一九二六―二〇〇三）の手に成るもので、これが名訳。私が始めて眼にした邦訳のファルグ、『潜水人形』*Ludions* もそこに在った。生来のやりっぱなしでそのレコードは見失ったが、同じ翻訳は大冊『フランス現代詩29人集』（一九八四）に録せられて今も架蔵する。その短い詩人紹介欄には、「パリの逍遙子と渾名された詩風は繊細にして軽快、サティのような音楽家に愛された」、とあって右の初出が記念せられているようでもある。小賢しい註の類は一切付けない訳詩集だが、敢えて申せばludionとは水圧の変化を応用して水中を上下する空洞の球体。試みに辞書を引けば訳語はぶっきら棒に「浮沈子」とだけあるが、それではしかし何のことか解らない。多く硝子を以て作られ、内部に小さな像などを入れ込んで安定よく重しとしたことから、親しみ深げな窪田のこの邦題は成っている。他では先ずお目に掛かることの無い言葉だが、あるいは二十世紀初頭には既に物理学上の小道具であることを忘れ、単なる玩具かオブジェとして彼の地にあっては親しまれたものだろうか。加圧減圧のままに想像裡に浮き沈みするその様は、どことなく集中の詩の歩みぶりとも合致するようで微笑をそそられる。

さてそんな『潜水人形』全十二篇のうち、なにしろサティが曲を付けたのがその半分だけだったために、惜しむらくは、窪田訳も六篇だけとはなった（「鼠の唄」《Chanson du rat》、「憂うつ」《Spleen》、「アメリカ人の娼婦」《Grenouille américaine》、「詩人の唄」《Chanson du poète》、「猫のシャンソン」《Chanson du chat》、「ブロンズの彫像」《La Statue de bronze》）。いずれも洒脱。お茶目に気取った原文の面影をそのまま伝えて余りあるものだった、

鼠の唄

アビ　アビルネール
お前が貴族でなかったなどと誰が言う？
白い単虫よ
かわ

かわいい形の口
眼
父ちゃんそっくりの眼
かわ
かわいい形の口

CHANSON DU RAT

Abi Abirounère
Qui que tu n'était don?
Une blanche monère
Un jo
Un joli goulifon
Un œil
Un œil à son pépère
Un jo

Un joli goulifon

詩人の唄

パプアの国で
僕は「詩情《プアジー》」を愛撫した……
あなたに望む魅力とは
「パプア詩人」でないことだ

CHANSON DU POÈTE

Au pays de Papouasie
J'ai caressé la Pouasie...
La grâce que je vous souhaite
C'est de n'être pas Papoète.

右のうち pépère は父親を指す幼児語、goulifon は元来は動物の、今は口語で人間のものも指すことがある口 gueule を、おそらく同様に崩した類の言葉と知れるが、サティの作曲からは省かれたようなもののここに原文には「goulaphon には非ず」という欄外の作者自註も有って、そうなるとこの面白さを訳し上げることはお手上げというものである。goulifon から連想せられる goule はまた淫奔な女吸血鬼の名でもあり、そんなことを言えば出だしの Abirounère も、何気なく読めばそういう名前の人物へ呼び掛ける体だが、実は biroute、俗に言うちんぽこの意も含まれているに決まっていると、我が年来のフランス人の友、パリ第十大学ナンテールの教授C・Rは太鼓判を押す。とすればそれは次の「白い単虫」という唐突に謎めいた物体のかたちとも密接に関わり、道理こそサティの曲はこの bi/rou/nè/re をいやに耳に響くように引き伸ばしてもいた。この辺り、風流人窪田般彌は全て満遍なく判りきっていた筈と確信できる内々の根拠が私には有るのだが、requiescat in pace! 今はそれを確かめる術も無くなった。尤も翻訳とは、こんな微妙な部分はとうから切り捨ててかからねば成り立たぬ作業ではある。一方、次の四行詩では la Pouasie が詩 poésie をパプア・ニューギニアの Papouasie に合わせて自ら変形させた造語、従って Papoète も詩人 poète を喚び起こす田舎詩人くらいのところを指す造語ということになるものだろうか。何やら余韻の長い静かな笑いを催す詩ではある。さればこそ窪田は、この一篇だけを私撰集『世界のライト・ヴァース2/なげきぶし風の墓碑銘』(一九八二）に収録しこれを藤富保男の乾いた素描で飾った。そういえば一九七〇年代後半の或る時期から、日本では谷川俊太郎や金関寿夫、丸谷才一らが軽いおかしみをそそる短詩、所謂「ライト・ヴァース」の提唱に努めたことが有りもしたのだったが、その時にも、ファルグは云々されることが無かった。おそらくはここで辛うじて窪田が拾ったばかりだったろう。

以上の二作はまた、いち早く批評家モオリス・ブランショが指摘した、ファルグに於ける「語の調整力」という問題を端的に示す作品でもあるように思われる、「彼は、今日、完璧さによって保護され貧しさに由来する誇りによって守られたこの厳格な国語のなかで新語を作り出すことに成功し、それらをいかなる不快感も不自由感も与えることなしに語彙の見慣れたつらなりのなかにはめこんでいる、数少ないフランスの作家のひとりである。彼のなかには、彼をジェイムズ・ジョイスのごとき創造的人物と比較することを可能にするような、語の調整力がある。この二人の作家においては、言語の遊びが、さまざまな名詞に実に親しみ深くまた新しいやりかたで輝かせるのであって、それはまるで、語が、突然、根源的で未知の諸関係や、思いもつかなかった結びつきかたや、それまで知らぬままでいた正当な家族関係を見出しでもしたかのようだ。新奇な表現が、神秘的な血縁関係によって、伝統的な表現と結びつく。もはやそれらを互いに区別することが出来ないのだ。それらは受け入れられ、同じように理解される。人びとがそれらを楽しむのは、その音調の調和や物珍しさのためではない。それらがもたらすあますところなく知覚しうる感覚と、それらが身をひそめる古めかしい外観とのせいである。」
（「レオン＝ポール・ファルグと詩的創造」『踏みはずし』粟津則雄訳所収）

実際、格調を備えた上での軽妙さという点から、窪田般彌の日本語はファルグの一面を訳すに打って付けのものだった。その名訳をもう一篇だけ。忙しいさなかに何かもう一つ別の仕事をこなさなければならないような時、尤もそれはちょっとした肉体的な労働に限るようだが、そしてそっちの仕事には実のところ気乗りがせず、自ら奮い起たなければならないような時、例えば只さえせわしない年末ににわかに大掃除を手伝えと女房から命じられたような時に、私は我知らず、明るく急き立てるかのようなサティの曲に乗せてこれを口ずさんでいることがある。別して猫の手も借りたいという詰まらない洒落心からなぞではないのだが、意外にはかのゆくことが有るということをお伝えしたい、

奴は幼ないおろか娘
可愛い子供の小さなチリ
チルラン
奴は愛らしいバイロン娘
母ちゃん似の馬鹿娘

チルラン
ちっ
ぽけな　こ　ねこ　白々としたちっぽけ
ちっちゃな勉強家《ボタソン》
それは僕の子豚
僕の豚《ブルソン》ちゃん
僕のちっちゃな勉強家《ボタソン》、ちっちゃな猛勉家《ボタソー》。
（下略）

（「猫のシャンソン」）

この詩にはまた別に作曲家秋山邦晴（一九二九―一九九六）による邦訳があって、こちらはまさにニコラ・バタイユ演出の下、パリ・ユシエット座の芸達者な面々によったエリック・サティ「スポーツと気晴らし」東京公演（一九八八）のプログラム中にそれとなく織り込まれていることも付言したい。原詩の意をよく汲んで同じく軽妙な秋山訳に就いてみれば、この詩は次のように続くのである、

奴は窓に飛びあがり

鼻づらで唸りだす
チルロ
なぜって　奴は棟《むね》の上に
鳥の浮き彫りを見つけたから
チルロ
ちっちゃな猫で充分　それは青々とした
ちっぽけ
ちっちゃな勉強好き（ポタサオ）
それはぼくの子豚　ぼくの小豚《（ママ）》（プルソー）
ぼくのちっちゃな勉強家（ポタソン）

9　澁澤龍彥訳

夢の内容を言葉に託して再構成することは、ロベール・デスノスから我が瀧口修造に至るまで、シュールレアリストたちの務めの一つだった。数有るファルグの著述からまさにその面を引き出してみせたのが、澁澤龍彥（一九二八—一九八七）である。その最晩年の翻訳選集『澁澤龍彦コレクション1／夢のかたち』（一九八四）に、彼は「或る終末風景」と題してファルグ随筆集『パリに倣って』*D'après Paris*（1931）が所収する《Souvenir d'un Fantôme》（1928）「或る幽霊の思い出」からのごく短い抄訳を載せた。

拙訳を以て補えば、「私は伯母によって辻馬車の風俗に開眼した。伯母は黒い縮緬に将校未亡人の白いハート形がついた幌の、折畳式有蓋馬車を持っていた。」（Je suis entré dans les mœurs des fiacres avec ma tante. / Ma tante avait une capote à brides, en crêpe noir, avec un cœur blanc de veuve d'officier.）と始まるこの随筆は、同じ随筆集が収める「バスに乗って」《En autobus》、「乗合自動車についての夢想」《Rêverie sur l'omnibus》、「駅」《La Gare》の諸篇と共に、乗物に導かれてのパリ随想といった体の小品である。それらの味わいは、どことなく、「車夫の事は今の内に覚え書をしておかないと、解らなくなるであらうと思ふ。今でももう都会の若い連中には、じつくりしないかも知れない」と説き起こす内田百閒の戦前の文章「鱗鱗の記」にも通う趣で、いかにもファルグならではの魅力を備えた佳篇だが、そこから澁澤が選んだのはごくごく短い部分、それも一篇の最後に付いた、夢にまつわる落ちのような部分だけだった、

或る蒸し暑い夕方、目の前をぞろぞろ動いてゆく群集を眺めながら、コンコルド広場のほ

うを向いて、シャンゼリゼ通りの椅子の上でうつらうつらしているうち、私はつい夢の中に落ちこんだ。

それは世界の終り、しずかで恐るべき一つの終末風景だった。にべもない冷酷さで、ひたひたと水が増しつつあった。

すでに川のようになった通りを、一台の大きな辻馬車が水しぶきをあげて私のほうへ近づいてきて、私の椅子にどしんとぶつかった。馬は鼻の孔から湯気の立つ荒い鼻息を私に吹きかけ、首を上下に動かし、耳をぴんと立てた。私が見るともなしに見やると、それは一匹のケンタウロスで、しかもその顔がバルベー・ドールヴィイ氏の顔なのである。（下略）

名作「緋色のカーテン」《Le Rideau cramoisi》の著者バルベー・ドールヴィイは十九世紀後半の人で、無論ファルグと直接の交渉は持ちようが無かった。忖度すればその友人には詩人モオリス・ドゥ・ゲランがいて、こちらは有名な詩「サントール」《Le Centaure》を著していることから、この辺りファルグの脳裡では両者が綯い交ぜになって現われたものか。申すまでも無く原音中心主義を取る日本語でケンタウロスと言いならわす半人半馬の怪物は、フランス語ではサントールとなるからである。ただちに怪物の背に乗った「私」は拉し去られて夜のパリ市内を闊歩する、私は馬の毛むくじゃらの耳に顔を寄せて、どこまで行くのかときいてみた。ちょうどそのとき、馬が大きな燃える門の前でぴたりと脚をとめたので、私はあやうく振り落とされそうになった。

「着いたよ」と馬が私に言った。

門の上に「地獄」と書いてあるのが読めた。

原文では、構文の関係上、「地獄」ENFERだけが文末の一行に来る。敢えて大文字で頁中央に揃えたこの「地獄」ENFERの一語が、意味の上からも見た目の上からも、一篇の最後を締めくくる利きどころなのである。

澁澤はこれを収録する『夢のかたち』序文に、「どこから読んでもよいように、とくに私は短い断片的な記述をあつめることを心がけた」という方針を記している。してみれば無理からぬものではあったようなものの、この「或る幽霊の思い出」全篇更には『パリに倣って』全巻の澁澤訳が成らなかったことは惜しみても余り有ることだったろう。例えば『記憶の遠近法』第Ⅱ部、例えば『玩物草紙』『狐のだんぶくろ』等々の、郷愁を帯びながらも決してウエットには流れなかった或る種の澁澤作品の境地は、私には極めてレオン＝ポオル・ファルグの随想に近い優しさを備えているように思われているからである。悠揚迫らざる品位有る奇矯さ《デヴエルゴンダージュ》、言ってみればそんな心ばせを、私は二人の著作から等しなみに嗅ぎ取っている。或いはこれを俗に砕いて、気取らない大人《たいじん》、いっそ幼児性の強い紳士と言うことも出来るかも知れない。しかし澁澤龍彥がファルグに就いて言及したのはどうやらこの一回だけのことらしかった。

10 松本真一郎訳

『潜水人形』抄訳を世に問うた窪田般彌を「責任編集」者に据える大冊『フランス詩大系』(一九八九)は、おそらく現在までのところ日本語でフランス詩全般の流れを通読するに最も簡便な書物かと思うが、ここに、僅か二篇ながら、私の蒐めえた最後の翻訳、窪田の弟子筋に当たるとおぼしい松本真一郎(一九四八―一九九三)訳のファルグが載っている。偏に「責任編集」者の目配りの良さを示す人選がここに表れているわけだが、一つは劈頭亥の一番に挙げた山内義雄選と同じ「日曜日」、もう一つは『詩集』*Poëmes* 所収の《Dans la rue qui monte au soleil........》で、こちらにはごくさっぱりと「詩」という邦題が与えられている。先ずは「日曜日」から、どうか戦前の山内義雄訳と見較べて御一読頂きたい。遅れ馳せながら、一見フランシス・ジャム、それも我々には尾崎喜八や串田孫一経由で目にするかのような感も漂うこのジャム風の初期作品には、例えば日本でも封切られて限られた一部に評判を呼んだことのあるベルトラン・タヴェルニエ監督の映画『田舎の日曜日』*Un dimanche à la campagne* に描かれたような情緒なぞも、重ね合わせてみて頂きたいと思うのである、

日曜日　Dimanche

海のような田園、草の嗄《しわが》れた匂い、
驟雨の後　花々の上を吹きすぎる鐘の音、
雨で青みをました庭園に響く子供の澄んだ声、

悲しい人々に開かれたくすんだ太陽、これらすべてが
この午後の懶《ものう》さの上を漂ってゆく……
時が歌う。心地好い天気だ。私を愛してくれる人々が家にいる……

私は陽光のようにのどやかな、子供の語る言葉を耳にする。
食卓は　常灯の大蠟燭の静寂《しじま》のように浄《きよ》らかな品々で

質素ながらも賑やかにしつらえてある……

空はその熱を投げ送る、ああ、恵みを施すように……
村の真昼の陽光は家々の窓に魔法をかける……
人々はランプと花を手にしている、お祭りだ……

遠くでは手回しオルガンが甘ったるい啜り泣きを流している……
ああ、私は君に言いたい……

(『音楽のために』)

続く「詩」には、これも前に挙げた淀野隆三訳「かれらは黄昏にはいつて行つた」に見えていたと同じファルグ特有の都市観が浮かび上がっている。既に福永武彦の解説中に、この詩人はランボオの影響を受けていた、と有ったように、こうした境地を裏付けるものは何といっても『イリュミナシオン』の世界だろう。篤志家にはどうぞ、小林秀雄訳なり何なりで、かの孛星の「街」や「街々」といった作品の再読再々読をもお勧めしておく次第である、

詩　Poème

（前略）

夢の町よ、おまえたちの悲しげな名前を思うとき、人は耳を傾ける……長く尾をひく声が柵を越え、幾世代もの歌を越えておまえたちに呼びかけるようだ。さまざまな匂い、終夜灯、星の羊歯《しだ》にも明りがともり……おまえたちの遺跡は月のショールの下で身震いする。そして、沈黙に飽き、涙のそぼふる雨に飽きた夜の奥底で、地平線が動き出すようだ……

（中略）

硝石の光り輝く円天井を通り抜ける。人気なく広々とした広場に糸杉が黒々と聳えている。夕日に触れて穏やかな金色に輝く広場は、赤い階段を身にまとい、黄昏時の炉床のようだ……その階段はすたれた流行に味方するブティックを際立たせ、貧しい女のスカートに心暖かい店々や、閉ざされ、狭苦しく、くたびれて黒ずんだ、古い書物の栞紐にも似た店々を際立たせている……

更に時がたつと、通りは家路につく孤児院の子供達のように夜を迎えに沈み込んでいく……一台のピアノがゆっくりと思考する……すると、話したがっている唖者のように大きく口を開けた古びた袋小路の奥で、貧しく濁った心の怪しげな光が点滅する……そして貧しい時計屋のショーウインドーの中ですべてが金色に輝き、死んでいるのだった……

（下略）

これら二篇に先立って、松本真一郎はこう簡単に記している、「推敲を重ねた彼の詩は、瑞々しい音楽的な言葉で滑稽と幻想の入りまじった都パリを歌う。」ここでは専ら「滑稽」の面は抑えられ、静かな「幻想」性に重点の置かれた紹介の仕方と思うべきだったろうか。

私の邦訳ファルグ文献便覧は、こうして奇しくも一つの円環を閉じるかのように、同じ「日曜日」一篇を世に問うた訳者を以て終わる。松本訳と山内訳と、実に双つの「日曜日」を隔てるものは、訳者個々人の嗜好もさることながら、ともかくもこの国の言葉に移し変えられてからの六十七年という時の流れである。その間には、善かれ悪しかれ、日本語も様々な変質を受けていて然るべきなのだが、松本ファルグもまた自ずから穏やかな格調を帯びて耀いており、つまりはよく原文のニュアンスを汲んだ翻訳と言うことが出来るようである。

11　自跋・附例言

以上日本語に訳されてきたレオン＝ポオル・ファルグの詩は、いずれも幾つかの共通した基盤を備えながら、九種とりどりに個性を見せて面白く読める。またその長短それぞれの解説も、実際に原文と格闘したほどの人々の言だけに、充分に信頼を置いて差し支えが有るまいと思う。付け加えれば、その信頼という一点から眉毛が些かの水分を欲しがるために、私の文献からは所謂文学史風の書物に見える単純な言及は全て排除してある。また、目下のところそういうものは先ず見当たらないようだが、各種教育機関に連なる人間の手に成る論考・研究というようなものが仮に在ったとしても、それもここからは除外してある。ここでの目的はあくまでも詩を読んで楽しむことに置いたからである。直に原文に当たることなくファルグの詩境に接してみたいという方々には、ともかくも言葉のプロフェッショナルたる人々が読めるものにまで練り上げた以上九種の邦訳に就いてみられることをお勧めするにやぶさかではない所為がこれである。いずれそう古い出版物ではなし、中には版を重ねたものの文庫本になったものも有り、淀野隆三訳と秋山邦晴訳がやや入手しづらいのを除けば、どの訳文も比較的容易に見つかる筈である。また堀口大學、福永武彦、澁澤龍彥の三家は各々の『全集』にも、これらの翻訳を収録してある。更に生身のファルグその人の行状を伝えるものとして、アジア問題研究誌「フランス＝アジア」主幹者ルネ・ドゥ・ベルヴァルが著した回顧録『パリ一九三〇年代』（矢島翠訳、一九八一）第五章「パリの逍遙子／ファルグ、そしてレニエ」辺りを一読されるならば、理解は愈々深まることだろう。絶版ながら岩波新書の一冊だから、これもしばしば見掛ける本ではある。

さるにても山内義雄から松本真一郎までが六十七年間、今日只今までを勘定すれば八十六年間もの長きがうちに、以上で邦訳の数が尽きるとは、この詩人の成し遂げた仕事と名声とに比してみてつくづくと淋しい感がする。尤も事情はフランス本国に在っても似たり寄ったりで、年来私淑し秘話珍談の数々を食事の合間に拝聴する栄に与るパリ・ジャック・ドゥゥセ文学図書館名誉司書フランソワ・シャポンからの私信にも、「ファルグ、この不遇にすぎる大詩人よ」(Fargue, grand poète trop méconnu)、という慨嘆が漏らされてあったのはつい先頃のことだった。確かに、同時代の作者、例えばポオル・ヴァレリー例えばギヨオム・アポリネエル例えばジャン・コクトオの内外に於ける持て囃され方と較べる時には、その「不遇」のほどは誰にも知れてくることと思う。そして、繰り返すようだが、レオン＝ポオル・ファルグという人は別してそれら有名人より劣る詩を書いたというわけのものでもなかったのである。

と、まあ、ここまでは長い長い前置きで、本書の目論見はこれを私も自分自身の日本語にしてみようということに在る。始めにお断りしたように、元より野心や功名心の類に駆られてするのではない。偏に馴染んできた原文の味わいを少しでも身近に慈しまんがため、古い異邦の詩情を今の母国語に移し変えて味気無い日々の楽しみとせんがために、私はこれを執り行おうとするのである。《Mon verre n'est pas grand; mais je bois dans mon verre》、「われも亦いと小さけれどわが杯をもて飲む」、ミュッセのアレクサンドランにかこつけてこう言ったのは昭和初年の佐藤春夫だった。名訳九種を瞥見した後に我が本望を記した今、口をついて出るのはこの一行である。私はなおなお小ぶりの眼にも留まらぬ杯で、しばらくファルグという名の美酒に喉元を潤す。出典は鮮やかなオレンジのクロス装に紫色の見返しも快い Léon-Paul Fargue, *Poésies*, Paris, Gallimard, Collection Soleil（1963）と定めるが、日本で言うこの『全詩集』では事が足りない場合には、可能な限り、逐一初出誌・初版本にも当たる心算でいる。以てともかくも気随気儘に、かつは気長に続けようという本稿に自ら餞を贈ったものとする。

II　レオン＝ポオル・ファルグの詩

1『タンクレード』*Tancrède*（1895, 1911, 1943）

プロローグ、または金のブレスレットの剝奪

昔々あるところに、たいそう美しいがために
是非とも何か執筆するようにと女たちが願った
若者が沢山ありました。

「いじわる！」

小さな赤毛の娼婦がこう言った。しかしタンクレードはすばやく彼女の金のブレスレットに触れ、説いて聞かせるように、ゆっくりと取り外した。他の者はみな彼をうかがった。娼婦は嫌いな飲み物を前にしたときほどしか気を悪くしていないように見えた。

駆け引きをすることもなく逃げ口の計画も持たず、タンクレードは周囲に気を配った。点きそこなったマッチは勿忘草を成し、消えたランプは小さな木苺を成した。少しばかりの苦しみを、奇妙なおしゃべり、故郷、友人たちを、別れてきたばかりのもの、傷つけられた駅、揺れ動く船、規律正しい音楽を、彼は思い出した。

病み上がりの夜明けも、彼らにはふつうのちょんの間遊び《ショートタイム》ではないのだとしか思われなかった。身体を引っ掻くかすかな音がした。鶏が嘲笑うように時を告げた。それらすべては遠慮深げに聞こえた。もの憂いシャンデリアに射した曙光があわれに眠る小女《こおんな》をありありと照らし出した。朝が寒々と青いリボンをカーテンの隙間に結びつけた。熱を帯びた常夜燈はさまざまな日用品のあいまで（白昼の墓地に火を吹いて甘える納骨堂めいて）うっとりと震えていた。群れを追い回すのに息を切らせている小さな羊飼いのように。小女《こおんな》が声をあげた。彼女は夢をみていたのだ。青い窓飾りの付いたほの白いガラス窓の下で。教会でお祈りしながら眠る人のように。（金色の睫毛を成す祭壇には太陽が美しく震える光を撒き散らしているというのに。）毛の縮れた一匹の蜘蛛が、壁にしなやかに、くすぶるランプの茂みを駆り立てる、震える一片の雪よりもやわらかく春先に飛ぶ草の綿毛のような、この音のない流れ星。そのとき彼は陽が高々と昇ったのを見た。「この女は明日無垢にならなければならないかのように眠っている」と彼は言った。「この女は微笑むのが遅すぎたかのように眠っている。

大金持ちになった次の日だの、身の毛もよだつような歓びに打たれたばかりのときだのには、人はこんな風に眠るものだ。この女を起こさないようにしなければ。幸福すぎるこの女が眼を覚ますことは決してないだろう。出かけよう。ぼくはもうまとめ上げたのだから。一羽の鳥の描いた影が鎧戸を滑った。ガラス窓には一匹の蠅がもう文字を綴っている。牛乳屋がやって来た。この瞑想的な古典作者よ、そして花売りたちよ、みんな声を立てないでくれ！」薔薇色に窪んだ帆立貝の横腹に打ちつける海のうねりのように、昏睡の静寂が辺りを支配する。小さく謹厳に吐息を吐くやさしいランプだけが、娼婦の心とともにとどまる。正午頃、人がやって来て何か囁いた。結局のところ彼女は死にかけているのだろうか？　君も見にこないか、タンクレードよ、そしてもう一度金のブレスレットを嵌めてやってはくれないか？

《I. Prologue ou le vol du bracelet d'or》

青春期特有のかなりの野心を以て詩壇に臨んだようなものの、レオン＝ポオル・ファルグはその第一詩集『タンクレード』をなかなか一本にまとめようとしなかった。雑誌初出形、業を煮やした富裕の友人ヴァレリー・ラルボオが自腹を切り著者その人にも秘密裡に上梓して贈物とした版、編輯者ジャン・ポオランがガリマール社から出した版と、既に詩人生前から三種の刊本を数えてなお最初期の活動は網羅しきれず、つい先年また『タンクレードの産声』*Pre-*

mière vie de Tancrède (2001) という洒落た書名の下に編まれた拾遺集一冊の都合四種類を揃えて、初めてその全豹は見渡されうる。申すまでもなくその各々には細かな異同が有って、今私の依拠するガリマール版『全詩集』*Poésies* は右ポオラン編纂の叢書「メタモルフォーズ」第十八巻（Collectrion Métamorphoses, XVIII, 1943）をそのまま採録するものだが、この版の『タンクレード』開巻の作品が、ここに御紹介する「プロローグ、または金のブレスレットの剝奪」だった。

一巻の題意は、おそらくは今は世に亡き一人の女を悼むタンクレードという名の若者が全篇を通じて現われることに因る。このタンクレード、実はポオル・ヴァレリーの『テスト氏』ドビュッシーの『ムッシュー・クローシュ・アンティディレッタント』或いはジイドの『アンドレ・ヴァルテル』に似て、この時分のフランス、しかもファルグの交友圏内にまま見受けられる多元的に粉飾された作者の分身という気配が濃厚なのだが、その思うところ為すところを三人称で客観的に記す散文詩が三篇、更にはそんなタンクレード自身の作とも受け取られる韻文詩十篇から、この詩集は成り立っている。十三という数が、何か禍々《まがまが》しい。

初出発表の一八九五年にはファルグ弱冠十九歳。時あたかも文学史上のサンボリスムの終息期に当たり、全篇どことなくもやもやとすっきりしない飛躍と屈折とに覆われているのはそんな当代の嗜好をたっぷりと汲んだ若書きの成せる業というものだろう。何しろこれはマラルメもアンリ・ドゥ・レニエもまだまだ健在だった頃の作品なのである。

　しろじろとした気分で迎える放蕩の翌朝は桂文樂「明烏」その他我が邦にても久しいものだが、「病み上がりの夜明け」（l'aube convalescente）その他の条が、ロマンチックな胸の病の類を想起させるからか、この詩にあっての敵娼《あいかた》はどうも椿姫めく。更に後段「牛乳屋」「花売り」の条からも、「ラ・ボエーム」の第三幕はパリ市門外に寒々と明け放つ玄冬の朝まだき、舞台の上下《かみしも》に散らばる物売りに混じってあわれもひとしおなお針子ミミの姿が偲ばれる。そういえばあのプッチーニのオペラは『タンクレード』発表の翌年に初演されたのだった。

　一読目に立つのは「震える」（trembler）という動詞及びそれから来た形容詞（tremblant）の多用である。とても私の日本語にはならないが『タンクレード』には同名の長篇詩も有る。これはファルグ全詩業に顕著な言葉で、既にしてここに歴然たることが私には面白い。文法的に破格な構文も幾つか見えていて、これがファルグの特徴であることは前に記した。そのいちちは論わないようなものの、例えばエピローグ中の「昔々あるところに」は申すまでもなくおとぎ話の常套句で、普通 Il était une fois と始まるそれがここでは Il était plusieurs fois とあって、昔の或る日に一度だけ（*une* fois）ありましたとあるべきところを、幾度も（*plusieurs* fois）あった、と殊更に撞着するように著している。対立概念を弄ぶ同じ語法はまた、第一行目の「すばやく彼女の金のブレスレットに触れ、（…）ゆっくりと取り外した」（Tancrède n'avait touché vite que pour démettre,（...）avec lenteur, son bracelet d'or.）にも見えている。これらは或いは、どうぞ軽妙に読んでくれ、という作者の合図だったか。それとも単なる青年の衒気が書かせたものか。

余談ながらこの「たいそう美しいがために是非とも何か執筆するようにと女たちが願った若者が沢山ありました」は、エドガー・ドガの狂喜して愛誦するところだったそうで、ポオル・ヴァレリイはこれを耳に胼胝が出来るほど聞かされたと報じている（《Notules sur Léon-Paul Fargue》）。なるほどかの画家のパステルの妙を、この散文詩はどことなく帯びているような気もする。濃すぎず淡すぎぬ色彩をわざとのように崩した精確なデッサンに併せて。ともかくもタンクレードを登場人物とするこんな散文詩の一連は当時の狭い詩壇に評判を呼び、私信を寄せて激励したマラルメをはじめとして、諸方からの好評を得たという。そしてファルグはしばしの間自らタンクレードと号するようにさえなったのだった。

それでは『タンクレード』第四章「歌《リーダー》または泣くが嫌さに笑い候」（V. Lieder ou l'on sourit pour ne pas pleurer）から更に二篇。読者諸賢にはよろしく今を去る百十年前の気分をお酌み頂ければと請い願う次第である。

段階Ⅱ

お気に入りの品々のあいまを
駆けまわることに疲れれば
子供はこころよく死ねる。

真昼の静けさに
窓辺に聞こえる
物乞いの声。

どうせ昼間の雑音だ、慈悲を乞うがよい。
ふるえる冬空の下
眠たげな広場に、
時はゆるやかに澄みつつうつろう。

叱られることもなく、何一つ言われるでもないのだが、

ああ、なんと人生は苦しいのだろう、
取るに足りないたった一つのもの、快楽のために……

（《Phase II》）

悲歌《クラーゲリート》

愛しすぎることの不幸よ。
人はそのために居たたまれない。
手を差し伸ばせば、人は赤面する。
とはいえ我等は花に手を出す。
ガラス器に触れ、インク壺に触れる。
そして人間にも手を差し伸ばす、ただ泣かんがために。
ぼくには静けさが必要だ。
ただ一つの物音のせいで……
青い公園の静けさ。
きみの青い眼を思いかえして
嘆く子も見当たらない。

（《Klagelied》）

こうした詩境を当時の或る評家は一ト時代前の「ヴェルレーヌとラフォルグの直系」と記している（Robert de Souza,《Revue du mois: journaux et revues》, 1856）、それがそう的外れな評でもなかったことがなんとか伝わってくれれば、訳者の冥利これに過ぐるものはない。これらの若書きを読み直して私が唐突に思い出すのは、我武者羅にランボオを訳しきったあの中原中也の言葉である、「然しこつちが楽しまうとするや、物足りないことだ。そこで、ランボオを立派だと人に云はねばならぬ。然しランボオは面白いですよと私が云ふなら少しウソだ。」何を隠そう、私は別してファルグのこの面が好きだというわけなのではない。私はただここに彼特有の細かな用語や視点の運びの萌芽を認めれば事足りるのである。そしてそれは、どうやらファルグその人が、後年これら十代の日々の詩作に抱かざるをえなかったのと相通じた感情でもあるようなのだった。というのも、F. D. と頭文字だけが伝わる男性の所持する刊本に彼はこんな自筆の献辞を遺しているそうなのである、「かつてタンクレードがこれらの時代遅れな寸劇の庭に導いたレオン＝ポオル・ファルグ」（Louise Ryoko Schub, *Léon-Paul Fargue*, 1973）！ 或いはこの詩集出版にまつわる遅滞の理由も、探ればこの辺りに求められるのかも知れない。通言とは裏腹にファルグの処女詩集にそのすべては無い。とはいえ彼は確かに此処から出発したのだった。

2 『潜水人形』*Ludions*（1886-1933）

ランタン

手回しオルガンと福引きとが
ポンコツ車の夜の中で眠っている。
轟く音ももう聞こえない、死に満たされたような
バティ植物――ニョール園。

（《Lanterne》）

打って変わった世界へ出た。『潜水人形』全十二篇、それらを特徴づけるものは、何といっても、口語まじりの破格な文法による大胆な構文と造語、そして卑猥さだった。文法を無視することもある以上、曖昧の霧、多義性の枝道は至るところに見受けられる。それがあからさまな卑俗に堕することを抑え、かえって一種の可笑しみを醸し出す場合がある。既にエリック・サティによる曲づけが為された五篇の条で申し述べたように、卑猥さは一見したくらいではそれと判らない造りになっているのである。さて右の「ランタン」だが、訳文の最終行は決して誤植ではない。念のため先ずは原文を掲げて、この脚韻を踏んだ端正な見かけの四行詩から、小さなガラス玉の潜水人形と共にテクストの中を浮き沈みしてみるとしよう、

Lanterne

L'orgue de Barbarie et le Tirage au Sort
Dorment dans la nuit des bagnols.
On n'entend plus tonner, rempli comme la Mort
Batiplantes ——— Jardin des Gnolles.

L'orgue de Barbarie はマラルメの有名な散文詩「秋の嘆き」《Plainte d'automne》その他フランス詩ではしばしば見かける楽器で、訳語は「手回しオルガン」とある。特に音楽的な教養を持たぬ者でも本体の脇腹に付いた把っ手を回しさえすれば曲が奏でられることから barbarie（野蛮）なオルガンというのだとばかり思っていたら、これが北イタリアはモデナに在ったメーカーの名前（Barberi）。古いモノクロ映画でベレー帽の艶歌師みたいなのが歌詞カードを売りつけては歌声もろとも懸命に回しているあれである。取って付けたようなパリ情緒を売り物にする映像では、何故かアコーデオンと共にこの楽器が登場する。また実際にボオブウルはポンピドウ・センターの前辺りには、今もこの楽器を観光客相手に鳴らしている芸人がある。

一方続くTirage au Sortは、我が日本でもお中元、歳末の大売出しで相も変わらず活躍のあのガラガラと回すブツのことだが、町内会の掛小屋なり何なり、あれの設置してある処及びあれを回してタワシだポケット・ティッシュだのを貰う一喜一憂の行為そのものは「福引き」で差支えがないようなものの、例の八角形めく把っ手付きの車それ自体の名前は、広くは流通しかねているように思う。そういうことはまま有るものだが、おそらくあれには業界用語としての呼称以外に名前が付いていないのではあるまいか。ともかくもかのブツと手回しオルガンとで成り立つものは、フランスでは縁日の情緒である。テュィルリー公園でもヴァンセンヌの森でも何処でもよい、ちょっとした行楽の地に、これもお古い話だが『道』*La Strada*のジェルソミーナとザンパーノみたいなのが何人もやって来ては鼻唄まじりにペンチとねじ回しとで高々とジェット・コースターなぞを組み上げてしまう。無論二十一世紀の今日だから、新式のフォーク・リフトの類も充分に備えてはいる筈だが、傍で見ている実感としてはそんな塩梅で、事実またねじの二つや三つは乗物を動かすたびに爆ぜ飛ぶ勢い、だからその怖いこと怖いこと、いかなる高級テーマ・パークの絶叫系アトラクションも及ぶものではない。そこに手回しオルガンと福引きの音、そぞろ歩く人々の喚声、嬌声、罵声、稀には連れ添う犬声が配され、空には逃げていった風船と様々な立ち喰いの食べ物の香が漂えば、移動遊園地を中心とした縁日の光景が完成する。それらすべての要素を繋ぎ合わせるのが、時代によって蠟燭にしろ電球にしろ、空中に渡されたファルグ偏愛のオブジェ、一篇の表題となったランタンというわけである。丸、三角、菱形と、よく似た形の西洋提燈は東京ディズニーランドは「アリスのティー・パーティー」の天井にけばけばしくハリボテで作りつけてある。さて今はそのランタンに火も落ちて、物音もすっかり静まった夜更け。擬人化された手回しオルガンと福引きというこの場の大立者たちもbagnols、オンボロな車、「ポンコツ車」の中で眠りについている。これも時代からいって馬車か自動車か厳密には判然しない。しかし、申すまでも無く、この手の埃っぽいのが長蛇をなして、移動遊園地は来り去るものだった。

ファルグの真骨頂が顕れるのは後半の二行である。一読気にかかるのは《rempli comme la Mort》「死に満たされたような」で、この形容詞句の繋るところが曖昧である。無論最初の二行と併せて意味を汲めば、客も去った遊園地の様子だとは知れる。轟くようだった昼間の喧噪も絶えてバティプラントという名のニョール園一帯は「死に満たされたように」静かである。第一の読みはこれである。何のことかは判然しないが、この場合バティプラントもニョール園も縁日の開かれた場所と丸々考えてしまうのである。

ところがこれを普通に読み下せば、死に満たされたようなバティプラントが怒りちらすのがもう聞こえないニョールたちの庭、とも取ることが出来る。しかるにその場合に困ることは、バティプラントとニョールとが双つながら辞書には見かけない言葉でどうやらファルグの造語らしく、その実態がはっきりしない。例えばそういう名の怪物のようなものがいて、それがもう静かになった、とでもいう印象なのである。そうすると複数形で表記されているGnollesが、何かこの怪物バティプラントの眠る神聖な場所を守護する特殊な生き物ででもあるかのように感ぜられてくる。申すまでも無くカバラ隠秘学にいう土中の妖精グノーム（gnome）と北欧伝説のトロール（troll）に似た語感を、ニョールという言葉からは感じ取ることが出来るからである。その後隠語辞典の類を博捜しまわって、gnoleには「安酒」の意、gnolleには「マヌケ」の意があることが判明した（*Dictionnaire du français non conventionnel*）。そうなるとこの条、いよいよ複雑に読み解くことが出来るようである。

とはいえそうも決め付けられないということが、《Batiplantes ―― Jardin des Gnolles》という最終行だけをよくよく眺め返すと知れてくる。この一行はパリの二つの地名、BatignollesとJardin des Plantesとを切り離してからくっつけ合わせたもののようだからである。Batignollesはパリ十七区にあるバティニョール墓地Cimetière parisien des Batignollesで、観光ルートにも載るモンパルナスやペール・ラシェーズのそれほど有名ではないものの、十ヘクタールにも及ぶ一大霊園。ファルグの詩の世界に縁の有る人物を挙げれば、ポオル・ヴェルレーヌ、薔薇十字団のジョゼファン・ペラダン、ブレーズ・サンドラルス、アンドレ・ブルトン、バンジャマン・ペレといった人々が、今は此処に眠っている。「死に満たされたような」はとりあえずここに縁を結びうる。一方 Jardin des Plantes はパリ五区に広がる博物館兼植物園兼動物園で、その起源はルイ十三世の王立薬草園に遡る。日本でも耳近い筈のビュッフォン、キュヴィエ、ラマルクたちは此処で研究に従事した。詩の好きな人にとっては、リルケが檻の中で失望する黒豹を目にしたところと付け加えれば解りが早いかも知れない、あの大公園である。此処での圧巻は何といっても Galerie de Paléontologie et d'Anatomie comparée 古生物学と比較解剖学のギャラリーで、一九〇〇年のパリ万博に合わせてマニアックに贅を凝らした今は埃臭い大広間に整然とフランス人好みに左右対称で配置された太古の動物たちの骨格標本は瞠目に値する。近頃の上野自然科学博物館に瀰漫する明るく前向きな幼稚さは微塵も無く、博物という古色ゆかしき学問の怪しい厳しさを豪奢に遺して今に伝える処なのである。ファルグは随筆「失われた世界の博物館」《Le Musée des mondes perdus》(1937) で、「骨のサロン」(ce salon de l'os) と此処を絶賛した。したがってこれもまた「死に満たされた」場所ではあったのである。しかるにファルグは、照れ隠しでか韜晦でか或いは単に二行目と脚韻を踏んできれいな交錯韻四行詩を作りたかったからか、以上を素直には現さずに合成させた。すなわち《Batiplantes ——Jardin des Gnolles》「バティ植物——ニョールたちの園」の一行が誕生し、形容詞的用法の過去分詞 rempli が単数である以上、間に置かれた長めな線の意を視点を二ヶ所に振り分けるの意と汲んで、「喧噪も絶えて死さながらに静まった墓地、そして博物館」、とも読めるようなのである。

数少ないファルグ論の著者でファルグその人と交遊の機会も有った女権論者ロシュフウコオ夫人は、この最終行のみを「乗り合い自動車についての素晴らしい地口の一例」としてごく簡単に紹介している（Edmée de la Rochefoucauld, *Léon-Paul Fargue*, Editions universitaires, 1958）。してみればこれは、当時そういうバス路線が在って、その表示板中の出発点と行き先との文字が、蹣跚する酔眼に乱れて映った挙句のおかしみだったたか。或いは深夜漫歩の途上、いっそのことファルグはバティニョール墓地にほど近い公園スカール・バティニョールか広いジャルダン・デ・プラント内の何処かかで、規模の小さい縁日の宴のあとをまざまざと眼にして白けた気分に陥ったことがあったたか。夜空に仄白む冷え切ったランタンと車、眠りについて静まった轟き、視覚と聴覚との錯綜を漸進的に意識したこんな頭の働きは、いずれにしてもゆっくりとした歩行のような緩慢な運動を想像させてくる。思えば随分長いこと西洋の詩の物真似をしてきた日本の詩だったたが、こういう造りの邦文作品を、私は寡聞にして未だ知らないのである。

では詩集 *Ludions* から四行詩をもう一つ。こちらに見られる言葉遊びは訳文からだけでも何とか伝わってくれるだろうか。自尊心と都会人の含羞とからだけで出来たようなこのくどき文句に飛びつく女性はそうは多くないに決まっている。でもストレートに打ち明けられる体《てい》の女性だったら、そもそもファルグはくどきなんかしない……、だろうと思う、

糞《メ》っ《ル》た《ド》れ《リ》の《ガ》恋《ル》歌

糞献辞《デディクラッス》として

あなたと向かい合うと
わたしの胸には燻製ニシンが花ひらく。
わたしの健康はあなたが居ないこと、
あなたが来ると、わたしは出てゆく。

（《Merdrigal》）

更に、エリック・サティがわざと作曲しわすれたかのような作品を一つ。《Kiosque》という折角の表題が、これでは全く向島百花園か目白椿山荘めいてしまうが、といって「海の家」という具合に持ってゆけば焼きそばとおでんの臭いが鼻につく。これはルキノ・ヴィスコンティが『ヴェニスに死す』*Morte a Venezia* で見せてくれたような、往時の海水浴場に幾つも建て並べられた一人乃至小人数用の海の家のことと御承知願いたいので。黄色い砂浜に影を落とした

青と白との太縞の綿布の日除けがあの映画では眼に痛いほど美しかった。適当な訳語をおそらくは欠くがためにこんな源氏物語以来のやまとことばを用いざるをえない日本語も、思えば不思議なものである。ともかくも『スポーツと嬉遊曲』の書かれなかった付録として、これに勝るものもちょっと無いだろうという気が私にはしている、

あずまや

虚しくも海は旅する
水平線の底からきみの賢い足にくちづけするために。
　　きみは足をひっこめる
　　　　いつも遅れずに。

きみは黙り、ぼくも何も言わず、
ぼくたちはもうそのことを考えない、たぶん。
しかし螢たちは次から次へと
懐中電灯をつける

きみの静かな目の上に
いつかぼくが飲み干さなければならなかった
涙をことさらに輝かせるために。
海は充分に塩からい。

悲しみながら勉強したい
ブロンドと青のクラゲが一匹
エレベーターのように清潔で明るい
海水で一杯にふくれた段々を横切る。
クラゲは水の花めくランプの帽子を取る。
砂の上で、パラソルを使って、泣きながら
三角形の証明の三つの問題の真似をするきみを見るために。

(《Kiosques》)

3 『詩集』*Poèmes*(1912)

その大部分が淀野隆三・福永武彦・松本真一郎によって訳出されているファルグの『詩集』

は、多く青春の日々の嘱目と偶感とをメランコリックに回顧した作品を収めている。そのことは、「かれらは黄昏にはいって行った。」「暮れ方は……」「子供たちが、日の暮れ方、……」「ものみなは黄昏の中に沈んだ。……」「庭の匂ひ、樹々の匂ひの……」といった表題を——尤も『詩集』の各篇は全て冒頭の一行を以て表題に代えているわけだが、——一瞥しただけでも知れてくるところだと思う。これを改めて目下のところ唯一の詳細に亙るファルグ論の著者ルイーズ・リプコ・シュップに就いて見れば、「これらの短い散文詩は詩人の日常生活の単純な思い出に発想を得ている、思い出が感覚や創造力、イメージに富んだ言語によって豊かにされているのである」、ということになる。

此処に、我々日本の読者としては、訳者の一人福永武彦の「ファルグの『ポエム』は私の偏愛する散文詩集で、今でもときどきその全訳を夢みることがある」という悲願を重ね合わせれば、ははあ、してみるとこれは、あれだな、ああいったものなんだろうな……、と、全体の感じそのものが、なんとなく値踏みされてしまうかも知れない。或いはそこから一足飛びに、破綻の無い主題と文体とに強く縛られた甘い自己満足の世界、それこそ福永の書名を借りるならば「夢見る少年の昼と夜」風の世界が想像されてしまうかも知れない。

併しこの『詩集』は従来紹介されてこなかった側面を、少なくも、もう二つは持っている。そして福永武彦が全篇邦訳の夢に取り掛かれずにいた理由も、実にこれらの側面在るがゆえのことだったように私は考えている。

我が国で看過されてきた側面の第一は、すなわちリプコ・シュップの言う「宇宙的規模の幻想による奇怪な夢」(Un rêve fantasmagorique avec vision cosmique) が描かれた二篇に代表される。単純な用語を駆使しながらも苛烈で唐突で論理に飛躍のあるこれら二篇は、要するに日本語の詩には成りにくい。従って『詩集』所収のその種の大事な一篇、「彼は生活の一部分を隠しているという噂だ」《On dit: qu'il cache une partie de sa vie》に関しては、これをやむなく割愛せざるを得ないことを、私は先ずお断りしておかなければならない。日本語の詩に成りにくいとはどういうことか。これに就いては本書が拳拳服膺を旨とする文献の一つである吉田健一の名言を引いておくことにしたい、「ジョイスの『フィネガンのお通夜』を挙げれば、直ぐに解ることであるが、何もさういふ文学自体の限界まで来てゐるものではない、もつと見た所はどうもない作品でも訳せないものがあつて、例へば、かういふシェイクスピアの十四行詩がある。(中略)シェイクスピアの十四行詩の中でも優れたものの一つであるが、これを日本語に直さうとしても、形をなさない。それに使つてある言葉が何れも平凡なものばかりで手掛りを与へないのみならず、白い百合とか、赤い薔薇とかいふのは、日本では慣習によつて更に平凡なものになつてゐて、誤解を招かずに訳しやうがないからである」。これを充分にお含み置き願った上で、どうか次に掲げるもう一つの大事な一篇に御目通し頂きたいと思う。吉田の名言がこう続いていることだけが目下の私の頼り、と言ってしまっては、これは尊大にすぎるというものだろうか、「併し詩人がこれを読んで、それを、自分の詩に作り直すといふことは考へられる。そしてこれと同じことが或る程度は行はれなければ、どういふ種類の翻訳も出来るものではない」(「飜譯論」)。ともかくもレオン＝ポオル・ファルグの『詩集』には、突如として、こんな作品が現れる、

燐光を発する海が樹々の間に真珠を縫いつけている。高い枝にぶる下がったキツネザルの大きな眼で、祖先たちの霊が見つめている……。

ひょろひょろとした一本の橋が火箭のように伸び、縁の欠けた月の上へ張り出し、その凹凸な背中には三人の旅人を乗せたまま、切り立った断崖へとつながってゆく。

入り江に雨が降りはじめた。泥がちな重苦しい水面に雲が大きな影を落とす。小さな一艘の小舟が喜々として櫂を進めてゆく……。

稲妻。樹木のような羊歯……。

さて、岩場では一匹の「怪物」が、闇の鞍なる三人の旅人に気がつくと、円型の深淵にそそり立った岸の周りで、食肉植物を注意深く掻き分ける……。出てきた出てきた。彼は水搔

きのある巨大な前足の片方を、片岩の火花を散らしながら、崖の上に慎重に置く。影に浸された岸壁に沿ってそっと身体を滑り込ませる。黄金で一杯の坩堝から溶け出すエナメルの流れのように、曲がって轟く丸い音と共に……。

（《La mer phosphorescente perle entre les arbres.》）

一読私が想起するのは、これはお嗤い下って結構なのだが、巨匠円谷英二監修による我が国初の特撮テレビ映画『ウルトラQ』に登場した海底原人ラゴンの濡れ濡れとした奇怪な容姿である。しかもこのラゴンが次なるシリーズ『ウルトラマン』にも巨大化して再登場し、桜井浩子扮するフジ隊員を掻っ攫おうとホテルの窓越しにくりくりと焦点の定まらぬ眼をぎょろつかせた悪夢のような場面である。異端の彫刻家成田亨の原画に忠実な暗緑色にざらついた水棲動物特有の膚、ぷっくりと桃色に半開きな唇。水掻きに滴る海水は、さてどこのロケ地だったのだろう、鈍い海辺の光を返して妙に生々しく幼児の恐怖を掻き立てたものだった。そのラゴンさながらの「「怪物」」が、同じく海のかたわら、しかも「燐光を発する海」（La mer phosphorescente）のかたわらに居て、ここでは「前足の片方」を突いただけでも火打石よろしく岩から「火花」が飛ぶほどにでかい。掻き曇る空を伝う「稲妻」によってあらわな「羊歯」は、古代の種に属しでもするかこれまた「樹木のように」でかい。ここに差し掛かる「三人の旅人」（trois voyageurs）は、一体何の寓意を持っているのだろう。文脈と関係無しに言えば、これは西洋人ならば先ずは東方の三博士を連想するところだろう。しかしこの作品にキリスト教の臭いは無い。またこの三人が跨る「ひょろひょろとした一本の橋」（Un pont grêle）というのも、何のことかはよく判らない。ただ妙に漫画じみたそのかたちだけは、明瞭に想像され得る。するすると伸びるその「橋」が、「エナメルの流れのように」身を矯めてまもなくしなやかに飛び掛ろうとする巨大なラゴンめく怪物の標的になったところで、この詩は突然終わる。そして、始めに記されたように、以上の全ては「祖先たちの霊」（l'âme des ancêtres）の静かに目撃するところとなっている、というのである。ちなみにこの前後に配された作品は、取り立てて本作と関係を持ってはいない。こんな不思議な作品が、ファルグの『詩集』には脈絡も無くぽんと挟まっているのである。

いや、何も私は殊更に奇を衒って懐かしのウルトラ怪獣を援用しようなどというのではなくて、この作品からどうしても連想を強いられるのは後に発表されたファルグの随筆、前項にも挙げた「失われた世界の博物館」《Le Musée des mondes perdus》の次の部分だと言いたいのである、

私と連れの者たちはディプロドクスの前に立ち止まって、これが踏み潰していた草の大き

さや彼がツェッペリン飛行船さながらに膨らむに足りる新鮮な酸素の量に就いて思いを馳せていた。とはいえここに在るのは複製であって、いわば亡霊の亡霊にすぎない物なのだった。二十七メートルもある本物のディプロドクスはピッツバーグの博物館が所蔵する。パリのは型に取った複製品にすぎないのである。従って幾分か迫力に欠け、或る種の感性を授けられた人々にとっては、全ての事物が無限に持ちうる存在と生命の原子の力によって大きな衝撃を受けるということがない。

或る学者によれば、ディプロドクスはトラックぐらいの生物だったという。日ごと夜ごと、彼らは食用になる噴出物が湧き立って燐光を放つ泥濘の中を歩いていた……。次いで、きらきらした海藻や緑がかった糞に全身を覆われて、彼らは既に目茶苦茶に踏み荒らしてしまった素晴らしい芝草の上にギャロップしに行ったのだ。我々が今日ロッキー山脈と呼んでいる芝草の上に。

今ここに記された「燐光を放つ泥濘」辺りを尊重するならば、御紹介した「燐光を発する海が」は、取りも直さず、この「ディプロドクス」に似た大恐竜と「三人の旅人」との月下の邂逅に託された幻想であるとすることにそうは間違いが無いような気がしてくる。この引用に続く結論部でファルグの引く「ジュール」某は、浅学の至り、私の与り知らない名前だが、それでも文脈から言って、これが何がしかの権威を具えた人物なのだろうということは察しがつく。申すまでもなく、これは空想の半魚人ラゴンどころではない、かつて確かに北アメリカに実在したジュラ紀最大の竜脚類「ディプロドクス」、ファルグに従えばその「複製品」その他の骨格標本を神々しく鎮座せしめたパリ五区の古生物学と比較解剖学のギャラリーに捧げられた讃歌、しかもその感極まった結末の条なのである、

天地創造の力と魅力が、無限大と無限小の痛切に神秘的な詩によって最も不可思議に示されているのは、此処、このギャラリーだ。何時、何処に、どのようにして、この惑星の秘められた大地をゆっくりと辿るかの不可知の生物という奇妙な個性は立ち現れるのか。「さあ!」ジュール・モワノオがこう口にしたように言うとしよう、「世界をもう一度問い質すとしよう!」

さて、茲に一通の手紙がある。宛名がファルグ、書き手は友人ヴァレリー・ラルボオ、

親愛なるアルケオプテリクス様へ、
(前略)君はデュエスの本『地球の表面』に鼻を突っ込んだのかい? これに関しては、諸島

の誕生に就いての君の一節のために、ラパラントの大作の古代地理学の地図を見てごらん……。（下略）

君のイクチオザウルス拝

この私信からは、ファルグの興味がしばしば遠い古代に求められていたことがよく偲ばれてくる。こればかりではない、二人が交わした手紙には、発信者・受信者の署名として、いやに太古の恐竜や哺乳類たちの名が頻出する。曰く「アノプロテリウム」曰く「ヒッパリオン」「君の古きなじみのイグアノドン」「ランフォリンクス」「我がなじみのメガテリウム」「親愛なるプテロダクティル」等々（『ヴァレリー・ラルボオ―ファルグ往復書簡集』Léon-Paul Fargue, Valery Larbaud, *Correspondance*, 1910-1946, texte établi, présenté et annoté par Th. Alajouanine, 1971）。してみればこの興味に、「燐光を発する海が……」に唐突に現れる「キツネザルの大きな眼」を持った「祖先たちの霊」の源を尋ねることは出来ないものか。その凛と張った眼中に、こうした作者本人の関心と羨望とを窺うことは出来ないか。

申すまでも無く、これは好奇心のありようとしては極めて幼児性が強いものだろう。リプコ・シュッブに倣って「幻想」と言おうが、これを録する一冊に丸々惚れ込んだ福永武彦に倣って「ファンテジスト」の戯れと言おうが、こういう関心を視覚的に膨らませ細部に亙ってねちっこい文章で盛り立てようとする精神はかなりに幼稚な欲求に突き動かされていると見なすのが妥当だと思う。とはいえここに、御紹介した同じモティーフ「ディプロドクス」の雄姿を偲んだ散文の最終行、「さあ！　世界をもう一度問い質すとしよう！」を付け加えて考え直す時、ファルグの企ては一挙に桁の大きなものと成って威容を繕い始めるような気がする。「切り立った断崖」を目指す陽気な「三人の旅人」はそのまま終末論風に人類全体の消滅を予感させ、古代の野性味が強く前面に押し出されようとするに至って、この詩はにわかに天地再創造の豪胆な妄想を書き付けたものであるかのように感ぜられてくるからである。

それかあらぬか後の随筆集『孤高』*Haute solitude*（1941, 1966）所収の散文「先史時代表敬訪問」《Visitation préhistorique》（1919, 1927, 1933, 1936, 1944）に、ファルグはこんなことを記している。おそらくはヴァレリー・ラルボオが示唆した類の資料を参看して成った地球生成・誕生の条を受けた部分で、俄然勢いを帯びた彼の筆が続く条である、

朧な月がなめらかな水の幻影を作り、植物のそよぐさまを見せ、キリンの幽霊や鏡付き衣装箪笥の精霊の前兆を示していた。この舞台の中で、私は泣きたくなり、後悔に苛まれる。魂も神もないこの舞台、この石炭紀だかジュラ紀だかの森の中、怪物どもの失われた楽園の中で……。

最初の革命の時、繁栄の時が来た。改革の春は、黄金の樹々と透明な宝冠をかぶったアス

パラガスとが不動の大地に生えるのを見た。突如として現れたウラノスとガイアの娘、豊饒の水神テテュスの周りに、レース飾りのような山々が映し出されていた。石珊瑚のカジノや毬果植物の隊商の開業だ。既にアンモナイトたちは柱や、階段、闘技場のことを考えていた。ポプラやガマズミを食べる蛇たちは花々の前で立ち止まっていた。アーチ状の回廊のような背をしたドラゴンたちは鋼鉄で覆われた列車のような尻尾をニコチンの浜辺に引きずって、棘だらけの糞を置きちらしていた。糞からはタービンのサナダ虫やオタマジャクシさながらの軟らかいタツノオトシゴが飛び立っていた。馬がブロントザウルスの脚の間をギャロップしていた……。

空の高みでは昆虫たちの戦争が勃発だ。イクチオザウルスとプレシオザウルスとが油ぎった小川に沿って古い大砲のように眠っていた。ディプロドクスの影は蟻塚の大陸を闇夜となし、白蟻の世界の規準というものを動転させていた。ディノセラスとマケロダスは、博物館とゴブラン織りと駅のガラス張りの待合室を夢見ていた。（中略）だがこの五つ枝の石楠花の世界、電線に飾られて眼の付いた鎚を上に付けた鈍重な鳥どもの世界に、果物のように骸骨がぶら下がる沃土や吹雪の森に沿ってゆっくりと教会さながらに移動する湯気を立てた厚皮動物たちの足跡の中に、最初の蒸気、最初の颱風の、最初の黄金の朝露の静けさの中で乳房を膨らませる角だらけででこぼこな巨大な蜘蛛の中に、カモシカのように臆病で、不器用な、意気地が無くて卑怯な一匹の「怪物」が、時あって自己の存在を示した。動物と言わんよりは、それはむしろ一種の機械、殆ど一個の構造物、何かしら奇妙に発達して酷く愚かなもの、精緻な獣と痛風を病んだ鳥の厳かなる混合体、良く出来た植物、完璧に傷つきやすく完璧に欲情をそそる、万物の仇、叫び声をあげるもの、諍いを探し回るもの、速さと精確さと忍耐と嗅覚とを身に付けること能わざるもの、吹く風を無視するもの、若くして死ぬもの、風邪っぴきの身体、やぶにらみ、小細工の利くメランコリックなもの、「人間」だ。

委曲を尽くしたこの手の幻想の拠って来るところは、一つには読書の影響が有ったかと考えられる。フランス文学の範疇ですぐに思い合わされるのはロオトレアモン伯爵の『マルドロオルの歌』の世界で、近年浩瀚なファルグ伝を著したジャン＝ポオル・グウジョンは若きファルグが友人アルフレッド・ジャリと共にこれに読み耽っていたことを報じている（Jean-Paul Goujon, *Léon-Paul Fargue*, 1997）。但し、跳梁するのは殆ど全て絶滅種の動植物ばかりであるという点で、ファルグはロオトレアモンと趣を異にする。源を実生活の範囲に探るならば、先ず何よりも前述する古生物学と比較解剖学のギャラリー、更には馴化園、ジュンカエンと訳しならわされるブウローニュの森に設えられていた同種の自然公園 Jardin d'Acclimatation での、過去現在・生死取り混ぜての様々な動物の見聞だったと、この散文中にファルグ自身が記している。いずれにしても私が注目したいのは、ここでは事細かな幻想が決して彼岸に行きっぱなしになることなく、常に二十世紀初頭のパリという此岸に引き戻されては深みを増し、謂わば現実と非現実とが往来を欲しいままにしている点だ。それは右の「鏡付き衣装箪笥の精霊の前兆」という些か身勝手な条や「柱や、階段、闘技場のことを考えている」アンモナイト、「駅のガラス張りの待合室を夢見ている」恐竜といった条からも明らかだろうと思う。既に御紹介したコント、澁澤龍彦訳「或る終末風景」の条でもそうだったように、ファルグはこういう幻想の視線を常に同時代の己が身辺にさまよわせて、ありふれた日常を多元的に輻輳させることに巧みだった。彼の数々のパリ讃歌が単にクロワッサンとカフェ・オ・レに代表される類の風物詩に止まらず、常に不思議な奥行きを備えて豊かに拡がっているのも、係ってこの一事に在ると見えるのである。その辺りの経緯を、今しばし「先史時代表敬訪問」に窺わせて頂きたい、

しばしば、私は耳を聾せんばかりの世界に目の覚めることがあった。この子供じみた老人は人間に利するべく変化した舞台に驚くのだ。ペキニーズ犬はフサゴ貝に取って代わられていた。我が二流の文明の翼竜にも類うべき路面電車は息を切らせていた。飛行船は私には無益で不確かなものとしか思われなかった。要するにもはや樹木を目にしないこと、自然の香りを呼吸しないこと、かつて私がいた我が旧世界の終末の後にかくも長く生きながらえたこ

とを、私は恥じていたのだ。(中略)
古典的な振り子時計がパリ十区に鳴り響く。どの瞼も動かない。界隈は寝静まっている。街も眠りにつくのだ。人はみな疲労と無感覚とで死んでいる。とはいえ、誰かが起きている。私にはその人の窓が見える。何匹もの大きな蛾が窓硝子を通り抜けようとして死ぬ。もし硝子がそれを許せば、大木になるつもりでいる星雲母の微かな細菌が煮えていた原始のシチューのように熱い電球でアイロンを掛けようとして……。
君の寝室が在るところで、君がランプの下、両の手で額を包んで物思いに耽っているところで、一体どんな光景が繰り広げられたのか。そこは海の中、一匹の怪物が唸り声を上げていた……。
そんな通り、そんな広場を、君は友達と腕を組んでゆく。君たちの声は夜空に響き、君たちは世界を再構築する。(中略)
失われた世界が我々に率直に訴えてくる宇宙論的な仮説とは一体何だろう。心の平安だろうか。おお、小さな世界よ。その望遠鏡が何億年かかるとも空しい。虚空の見掛け倒しの激しさの中に、お前がどんなに微小な場所を占めようというのか。そして物質の根本的な年齢に関しては、我々にはその波動ばかりしか残されていない……。

この「先史時代表敬訪問」は幾度も加筆の上で世に問われたファルグ自讃の一篇とおぼしきもので、とりわけ初出の一九一九年稿は「旧世界（若書きの抜粋）、ヴァレリー・ラルボオに」《Vieux monde (Extrait de jeunesse), à Valery Larbaud》という表題の下に発表されていたものだったことは付け加えておいて好いかも知れない。一九一九年はすなわち本項の眼目たる「燐光を発する海が樹々の間に真珠を縫いつけている。……」執筆のおそらくは十年ほど後に当たり、これから更には二十年近く後の随筆「失われた世界の博物館」へと、ファルグにあってこの特質はどうやら延々と保たれ続けていた様子が有る。その骨子の既に最初期の『詩集』に歴然たることが、私には面白いのである。「宇宙的規模の幻想による奇怪な夢」、評者リプコ・シュッブはこの特質をそう要約した。加えるに、私は多分にロマン派的な概念であるところの、自由な時空往来の嗜好、を以てしたいと思う。この嗜好はやがて『占星術の季節』（*Une Saison en Astrologie*, 1945）、『四季、詩の占星術』（*Les Quat' Saisons, Astrologie Poétique*, 1947）の二著に代表される占星術への絶大な興味をファルグにもたらしてくることにもなる筈である。

さるにても規模の壮大なこの種の幻想がにわかに差し挟まる『詩集』全篇の邦訳は、翻訳者福永武彦の審美眼とは甚だしく相容れぬものだったことだろう。福永のボオドレエル論を読み返すたびに、私はこれを痛感する。『悪の華』にせよ『パリの憂愁』にもせよ、仏文学者福永武彦は一冊の詩集を常に一つの構築されたミクロコスモスと見なし、そこに雑多な不協和音の入ることを断乎峻別しとおしたからである。

いや何、妄想とは言い条、虚実取り混ぜての巨大生物どもに翻弄されて私にしてもくたびれてきた。ファルグの『詩集』が持つ従来紹介されてこなかった側面の第二、これは次項のお話としよう。

レオン＝ポオル・ファルグの『詩集』が持つ本邦未紹介の側面の第二、それは墓地に就いての関心である。Memento mori の慣わしが広く行き渡った風土に育ち、既にユゴー、ゴオティエ等々その種の魅力をたっぷりと表した前代の文学にもよく親しんでいた筈のファルグにとって、墓地は格好の題材として市中のそこかしこに緑濃い両腕を優しく拡げていたことだろうと思う。独りフランスのみではない、ヨオロッパの大都市に於ける墓地の性格にはじめじめしたところが少しも無く、むしろ大公園のそれに近い趣をも備えていることは何方も御存知であろう。のみならず幾多の著名人が眠るパリの墓地は既に観光コースにさえ載るようになって久しい。

茲に唐突に思い出すのは、処はウィーンと異なりながらも、斎藤茂吉の歌である、「汗垂りて中央墓地に来りけり墓地の木下《こした》にしばし眠らな」「我が生《せい》のときに痛々しくあり経しが一人この墓地に来ゐる寂《しづ》かさ」時空の攪乱を現代に願う者ファルグにとって、墓地は博物館に口をあけて見上げる古生物の標本にも増して、なお鮮やかな夢の通い路と見えていたに相違ないのである。

そんな姿勢を窺わせるのが『詩集』の次の作品である。おそらくは本集巻頭に据えられた亡父追慕の一篇、早くから淀野隆三の邦訳が在る「父の永遠の思ひ出に」の遠いこだまが響いているかにも思われるこの詩が、私は好きだ。ここには前章に指摘した「先史時代表敬訪問」に見える類の興味、或いは処女詩集『タンクレード』に見えた語法が、より物柔らかに、作品としてかなり納得のゆくかたちで、表れているような気がする。

一人の男が頭を後ろに仰け反らせた。巨大な波のうねりを抱きしめに、彼の魂は昇天した。神は自らの洞窟に彼の宝を取り返しに来たのだ……。水門は歌い、生命の黒い燠火は燃え尽きた……。
もう長いこと彼の心は外へ出たがっていたのだ！　彼の頭蓋の丸天井からは潮が引いた。忍び足でやって来た沈黙が、そこに代わりに身を落ち着けたのだ。だが死んでいるというのは私たちだけのことだ。彼の耳元では音という音が死んでいる。
空はいつものように限りなく平等な光をたゆまず送り続けている。そんなことになっても、忘れられた風景はやっぱり静かな物音を織り上げている……。

私たちは私たちのものを見にゆこう。天気は上々。ラ・トウシュの街道には二本のポプラがまっすぐに立っている。繋がれた山羊が壁を蹴っている。道の曲がり角では鍛冶屋が青い唄を歌うのが聞こえる。子供時分の愛を思わせるような村祭りの音が聞き取れる……。

茶褐色の蛇《じゃ》の目蝶《めちょう》たちが墓まで不器用に飛び続ける。彼等は草の弓を射る。丸花蜂が君の耳元で話しかける。生暖かい空を飛び回り、飛び去ってゆく……。飛蝗が一匹飛び出して跳ねる、まるで薔薇色の羽を付けた石弓のように。掘り起こされて深い臭いを放つ土の塊は、陰気な動物たちの震える背中が走って逃げるのを見せる……。


土の中では誰かが囁いたようだ……。土中に幸福が音を立てて動くのが聞こえる。鐘の群の練り歩くのが聞こえる。私は他の幾つもの墓地が好きだった……。

私は大都会の墓地を愛する。そこでは眼差しを欠いた白い頭が壁越しに見受けられたり、白日にランプの燃える美しい聖堂だの、霧雨に濡れる並木道だの、葬式の時に雇われる泣き女たちのように糸杉の立ち並ぶ金色の砂のゆるやかな道だのがあったりする……。

見事な糸杉がワニスを掛けられたように雨に濡れているのは好いものだ。遠くに鐘の響いているのも私は好きだ、「君も行くことになるんだよ」、鐘は街々にこう歌って聞かせる、「君は出発するんだ」、切通しを通る汽車も叫んでいる、「違った光の中を君は行くんだ、旅に出るように君は出発するんだ……」

だが、石に肘をつく術《すべ》を知っている「君」にとっては、死者たちは円天井の下で口ずさんでいるだけだ。愛された者たちの眼差しは夏の驟雨が耀きつづける花々に注がれた。土中の大河は私たちに語りかけ、産ましめ、力づけ、安堵させる。何だって？　窓に向かって、愛された者たちの眼差しだって？　彼等がもう決して姿を見せないとでも言うのかね？　……

君には死ぬことなんか出来やしない、空を、熱く熱を帯びた人間の光を、放浪の一日の末に怪しい街の底で恋人の眼差しと再会すること、惚れ惚れするような身体、解き得ない「愛」の表情を、本当にもう見ることが叶わないのかどうかと自問する君には……。君あればこそ、君の選ばれた数々の地平、君の謎めいた街々、数々のささやかな欲望、醜い表情も永遠に不滅なのだ。走るのが厭になった時、すべてが崩れ落ち矮小化する生温かい退屈に飽いた時、――幸福の幻影に飽いた時に、君はやって来ることになるだろう……。

嵐の彼方、ほっそりとした植物の一連《ひとつら》の向こう、路のはずれの地平には、この世界に充満するかに思われる愛の眼差しももはや見えることがない……。浪の白い歯に噛まれるミルトの美しい顔は思い出よりも儚く、風に舞う冷たい翼よりも儚い……。軽気球が一つ空に昇り、その下にすべての神秘は暗む。私たちの前にある眼差しの美しさ、断崖に似た遠い街々、燈火のともる窓、人類の高みにふさわしい魅力のすべて……。戦いはもはや倒れた一壜の食塩にすぎない……。暗黒の街の真ん中にいて、もはや群集の歌声は全く聞こえない……。

炎と祝祭の過去、イランの民族大移動、ヘブライ民族のエジプト脱出、フン族やエトナ火山などは、新しい朝を迎えるみじめな海岸に達しようとする漁り火の一瞬《ひとまたた》きのように消え去った……。

君はやって来るだろう、重苦しい退屈と競争に疲れた時に。土の中で誰かが囁いたような気がする……。土の中で幸福が音を立てて動いている……。

結局のところ私たちの優しさとは何なのだろう？ それはただ砂を噛んでは沖に帰ってゆく小さな波に過ぎないものではないのか……。

《Un homme a penché la tête en arrière.》

ちなみにここに言う「美しい聖堂」les belles chapelles は我が国でも青山や雑司が谷の墓地でまま見受けられる古い何々家之霊廟の類の、一家族が建立《こんりゅう》した納骨堂のことで、教会や礼拝堂を指しているのではないと思う。モンマルトルでもモンパルナスでも、フランスの墓地ではしばしば寝棺型の墓群にひときわ高く屹立したアール・ヌーヴォー風に大仰に飾り立てたそれの内、額に納まった故人の写真や陶製の花輪の左右に、実際に小燈明がさびさびと上げられているのを目にすることは珍しくない。

憧憬からなのか畏怖からなのか、二度も繰り返される「土の中では誰かが囁いたようだ……。土中に幸福が音を立てて動くのが聞こえる」はどう読み取ればよいのだろう。「眼差し」という言葉の多出も気に掛かる。いきなり立ち昇る「軽気球」は、私には、同時代人税官吏ルソオの筆づかいを想起させもする。

フランシス・ジャムばりの牧歌がにわかにかつてボオドレールが説いたような群衆の波の魅力（《Les Foule》in *Spleen de Paris*）と変じ、それがそのまま本物の海の波と合わさってしまったかのようなこの詩の、殊に中半からは、おそらくは東方の留学生茂吉がそうしたように深々と緑の滴る墓地で欲しいままに耽った夢想を元に書かれたものではなかっただろうか。頻出する中断符（…）の多さも改行の多さも、ぼんやりと移した時のままに切り替わっては奔逸する意想の再現という趣を湛えている。私はこの詩からそんなことも思ってみるのである。

4『音楽のために』*Pour la musique*（1914）

冒頭既に述べたように、何故か音楽家と縁の深いファルグではある。先ずは友人エリック・サティがその幾つかを曲付けした『潜水人形』。そればかりではない、ファルグには一冊のモノグラフ『モオリス・ラヴェル』*Maurice Ravel*（1949）がある。彼は「アパッチ族」Apachesと号する遊び仲間をラヴェルやその他の友人と形成し、深夜のパリ市内を楽しく徘徊した。のみならず、大抵のレコードやCDでラヴェルのピアノ組曲「鏡」*Miroirs*（1904-1905）を買うと、その解説には必ず、曲中「蛾」《Noctuelles》の一篇はファルグの詩に着想を得たがためにファルグその人に献呈されている、といった類のことが書いてあるし、調べれば更に、ラヴェルは一九二七年にもファルグの詩「夢」《Rêves》に曲を付けてい、更にはフロラン・シュミットやジョルジュ・オーリックも彼の詩に曲付けを施しているといったことも知れてくる。ファルグはまたこれも親交の有ったクロオド・ドビュッシーについての随筆を著してもいる。彼はオペラ「ペレアスとメリザンド」の初演を一日も欠かさずに聞きに行ったという。

そこへもってきてその名も詩集『音楽のために』、と来れば、何となく全篇が作曲家たちと関係を結んだ作品であるかに思われがちだが、これは別してそういうわけのものではない。その名の拠って来るところは、集中全十一篇の内に古典的に脚韻を踏んだ端正な四音節・八音節の定型詩が目立つことに在る。付け加えれば、これは日本でも名の通った戦前の篤実な批評家、ファルグの高校時代からの友人でもあったアルベール・ティボオデが、その広汎な『フランス文学史』中で賞揚した唯一の作品集だった。

さて、そんな『音楽のために』全十一篇の内から、先ずは冒頭の一篇を。

RÊVES

Un enfant court
Autour des marbres...
Une voix sourd
Des hauts parages...

Les yeux si graves
De ceux qui t'aiment
Songent et passent
Entre les arbres...

Aux grandes orgues
De quelque gare
Grande la vague
Des vieux départs...

Dans un vieux rêve
Au pays vague
Des choses brèves
Qui meurent sages...

夢

大理石の彫像の周りを
子供が駆け回る……
高いところからは
重々しい声がする……

君を愛する者たちの
まじめそのもののまなざしが
樹々のあいまを

考え考えしては通り過ぎてゆく……

古びた旅立ちの
うねりが
大オルガンめく
どこかの駅

果てしない国を思う
古い夢の中では
簡素な物どもが
賢しげに死に絶えてゆく……

前半どことなく光あふれる緑蔭に立像の立ち混じるリュクサンブウル公園に遊ぶ静かな家族連れをも思わせるようなこの詩は、交錯脚韻を踏んだ四連の四行詩。なるほどこれは、声に出せば、『音楽のために』という標題を裏切らないつくりの詩ではある。それでいて読者の想像を掻き立てるかのような或る種の言い足りなさは、この時期の彼がはるか歳下のシュールレアリスト、アンドレ・ブルトンから心を寄せられていたことと無縁ではあるまいとも思われる。

一方この詩集には本邦への初の紹介者山内義雄が選んだような「日曜日」「たそがれ」といったフランシス・ジャム風の境地も見える。フランスの何処でもいい、油砥石《ムウウリエール》の軟層を積み上げ回した塀の奥、小砂利を踏んで辿ってゆく鄙びた家屋の内部をでも記したかの次の一篇は、私にはセザンヌの画面に入り込んだかのような気持ちを与えてくれる、

室内

梁から下がる干し物のたぐい……
明るむ壁に掛けられて静かに眠る猟銃……
ほしいままに夢見るが良い。お聞き。すべては昔のとおりだ。
高い煙突は
昔ながらにきしみ、煙も消えうせ
年とった黒い鳥さながらの背骨をならしている。
煙突は未だ生々しい魂の姿を額にくっつけている。

金の銘のついた壺……
柱時計は翳に閉じこもり
簡素な衣服は暗く静かに揺れている……

見上げる者の顔と同じにまん丸な皿は、
古い棚のバルコニーに身を屈めている。
鎖のように列を成した果物は
茄子紺色の翳の路地に香る……
私は抽斗の中に胡桃の殻のころがるのを見る。
刃の長いナイフはこれらすべてを映し出し、
物の上を滑る私の手の翳を映し出す……
賑やかで、冷え切った色の数々だ……
これらは酸っぱくなった親しみの香だ……
これは旅行鞄とふるい旅立ちの胡椒のにおい、
学校の教科書と、火の消えた礼拝堂のにおいだ……

生暖かい風が蜂を押しやって
青いランプの笠に当てる……
ゆっくりと、囁くように、大きな猫が過ぎる、
そして君は、緑金のレンズ豆の畝の中の太陽のように
賢しげな退屈のみなぎる眼差しを上げる……

静かに聴きたまえ、ここにすべては昔のとおりなのだ……

（《Intérieur》）

自由詩ながら、これもまた、口に出せば快いことと一巻の総題を裏切るものではないことは言うまでもない。《Et l'horloge recluse dans l'ombre et la bure》《Ou des files de fruits qui font la chaîne, fleurent》辺り、舌頭に回せばフランス語の美しさというものに就いて充分に考えさせられる条だと思う。

シャンソン

職人たちは並べる

私たちの日用に充てる
偏愛の品々を……

クリスタルの鈴とした響きは
軽い眠りに似て
誰も乱さず、誰も乱さずに華やか……

品物の美しさに心動かされることもなく
彼等は沢山並べてゆく
売り上げに満足するためには、
私たちの可愛らしい妹であるランプ
私たちの接吻を伺い見たランプをも並べる……

私たちの愛らしい妹である丸いランプは
私たちが接吻をかわすところを見た
今ではしかし死人のように彼女も眠っている

物音も立てず、緑色の地面の窪みに……
ランプは一日中その役を決め込み
思いに耽って黙り込んでいる
真冬の蜂が巣箱で黙り込んでいるかのように……

だが、今し、時至って、小さな
星が震え、危機に瀕する……
悲しいブルーのガラスに
一匹の蠅が羽ばたきを休めにくる時に……

そしてランプは点る
やさしく青白く、海辺の色に
麦の色、砂の色
砂漠の砂の色に……

夜は危機の腕を
人々が見過ごしている家の中で挙げ
示されたドアの前、
階段の踊り場に止まる。

《Chanson》

ランプはファルグ偏愛のオブジェで、実にしばしば彼の著述中に現れる。我々の生活からは見事に消え去ってしまった器物の一つだが、これは注がれて蓄えた油をじじじと囁くかのようにして、匂いながら四隣の暗闇をはかなく照らす品物のことをいっているのだ。はかなさはまたその材質にも及んでいて、ガラスの火屋は常に壊れやすさを帯びながら長く或いは短く屹立している。プラトン流のイデアやカントの形而上学的常在にも似て、常に存在して生滅変化のない物の本体、それがファルグに於けるランプの謂だった。ここでのファルグはその愛すべきかたちがむきだしにされていることを嘆き、神秘の夜の到来をひたすらに願っているかのような気がするが、如何であろうか。

5 『空間』Espace（1929）

二〇年代後半はファルグ一代の転機に当る。ここに於て彼は一躍文名を馳せることとなった。すなわち一九二四年夏、ファルグはポオル・ヴァレリー、ヴァレリー・ラルボオの二人と共に、バッシアーノ皇女の出資の下、同人誌「コメルス」*Commerce* を興し、そこに次々と小品を発表。それらはやがて『平凡』*Banalité*（1928）『ヴュルチュルヌ』*Vulturne*（1928）『密度』*Epaisseur*（1928）『聞きなれた組曲』*Suite familière*（1929）の四冊に纏められた。その傍らでは詩人マルセル・ラヴァルの編輯に係る大判の豪華雑誌 *Feuilles libres* が特輯「レオン＝ポオル・ファルグ讃」号 *Hommages à Léon-Paul Fargue* を発刊したりと、彼の絢爛たる世界はここに構築され上げつつあったのである。後日、N・R・F社は中の二冊を『空間』*Espace*（1929）初めと終りの二冊を『ラムプの下で』*Sous la lampe*（1929）と合冊改題の上再刊。今私が典拠とする『全詩集』はこの再刊本の配列に従っている。付け加えておけば、「コメルス」の出た一九二四年はアンドレ・ブルトンが「シュールレアリスム宣言」を発表した年でもあった。

話の順序からは『空間』所収の *Epaisseur* ということになるが、先ずはこの言葉自体が曲者であって、『密度』と訳したのは飽くまでも仮のことに過ぎない。物の厚み、豊かさ、濃密さ、深み、辞書に当たればこれはこんな味の言葉と知れる。つまりはたっぷりと身の詰まった一冊というほどの意が、ここには籠められているものだろう。収むるところの作品は「音階」《Gammes》「麻薬」《La Drogue》「怒り」《Colère》「蜃気楼」《Mirages》「狐狗狸さんの無駄話（難船略奪者の第二の物語）」《Caquets de la Table tournante (Second récit du naufrageur)》「刺繍」《Broderies》「密雲」《Nuées》の七篇。いずれも魅力有る表題ばかりだが、このうち「麻薬」に秋山和夫訳が有ることは既に述べた。最初と最後の作品だけが行分けの自由詩で、これがサンドウィッチのように散文作品を挟んでいる造りである。

これら七篇に共通するのは奔放な自在さ、奔溢しつづける言葉の流れであり、意想の流れである。どれも日本語には移し替えにくい作品ばかりで、或いは独り善がりのそしりはまぬかれないかも知れないが、私は敢えて茲に大冒険を企ててみようと思う。予めお断りしておくが、集中の言にも見えるように、これは「超・病的饒舌」(hyperlogorrhée) が律する世界であり、読者はただただそのイメージに身を委ねて楽しむ以外に術が無い。若きファルグが愛読したというロオトレアモン以来の意外な組み合わせに拠る茫然自失 (dépaysements)、自意識が介在出来ない風土を自ら構築しては無意識の織物を繰り広げようとする態度、一口に言えばそれらは感覚・感情・意識の三つをそのままに受け容れる内観法の実験、主体と客体とが綯い交ぜになった主客二元論の実験なのだと私は考えるが、さて如何であろうか。

怒り

お前はなぜ私と別れたのか、私はこんなにお前を愛しているのに。

歳時記より

鐘を鳴らせ、蜜の矢よ、煙を立てる偽りの射程距離の上に。虎の眼、空中に唸りを立てる雀蜂、ビロード状のスフィンクス、立ち籠める靄の歌の連絡便、光の吹管よ、蜂の巣の中で鐘を鳴らせよ。逃げよ、空中に隠された尖った秘密、羽のような小さな鍵。耳の長い動物は道の獣と下着とで線の引かれた鍋の中庭で夜のために己が帽子掛けを成せ。円盤は赤く勃発！　これが「人類」だ！

やって来たね、御馬鹿さんよ。こんちわ、旦那、おい、愚か者よ。「人類」よ、行っちまえ、ここに来たのは人間だ。それが喋る時には何も生えない。アナトール、タナオスと死《タナトス》への欲望《ス》よ、上辺だけの人間よ、ベームよ、お前たちの言葉には飽き飽き、お前たちの神々には飽き飽き、お前たちの鐘には飽き飽きだ！　光線の先が鈍る、吐息は悲しくなる、揚羽蝶があなたの記念碑に寄り掛かって眠りに就く、あなたの石の髪の毛は空へと立ち昇る、あなたの窓や戸口の上の雨押え石は緑色と化す、あなたの脳髄には小さな葉が生えてくる、人間たちよ、私たちを放してくれ！　何だって！　驚いた御託宣だ、全く解らない、とはいえ服を脱いで、大きな杵で社長と黄金の葉とを撒き散らして、研磨工の独楽と天の回転盤だ。実を結んだ水母と木霊と間違えられたプリズムと壁の窪みの壁龕《へきがん》と審議中の科学的な楽器と繊維の袋と毛髪のランプと血まみれのヘアネットに取り憑かれた力の管で満たされたあなたの家の中の太陽の眠る御託宣。肩をすくめて家事の涙で揺さぶられるあなたの部屋部屋、下がってくる煙、痙攣で荒れた鏡、均整の取れた渋面よ。あなた方の鼻声の頭、いかがわしいホテル、数の無言の音楽には耳を貸さず、肉に覆われた罠の仕掛け人、垢まみれの燈芯の眼、浴槽の中で皮を剝がれたもの、計量器の中の瀕死の人、壺を怒らせる接吻と眠り、情熱を籠めて擦《こす》りまくる人々の鈍重さ、貫板《ぬきいた》の中の囚われ人、居場所が見つからないままに二本脚で跳ね回る旧式の写真機、あなたの揺れる吃りの目標、夢のミーティング、贋銀《にせぎん》と歴史との食後の鞴《ふいご》、そして絶対に整備されることは無い。虹彩の周囲が白い眼のあなたの心よ、あなたとの不可能な愛情、あなたの古い半処女の心理学、あなたの超・病的饒舌よ。裏切りの咳を吐く友人、自分を皇帝と信じ込む法学生、孤独な詩の一行でフランスを測ろうとする三文文士、チーズのハンドルが回るのを管の中に眺める薬学生、学生と女とは彼に忍び寄る動脈瘤のポケットを為す。人類の思考の重心から逃れようとする例の欲求、一匹の蠅の眼を以て脱出しようとする欲望、地球の計算に就ての例の執拗さ、あなたはその原価に期待したまえ、それは極めて難しいことだが。解決されたあなたの問題、全ては以前より悪くなっている。あなたは常に原則を忘れる、あなたは液状物が流れ出るように何も見ない。あなたの裁縫はポケットからポケットへと織られる、あなたの一番速い列車は子供の図画のように進む、煙は悪く作られている。最もしっかりしたあなた方の頭の構造はテーブルの下で転がる、拙く分配され栄養の良くないデカルトのクリスタル、分子の減少は支えを空《から》っぽにし、所有地の中で跳ね上がる。強くはなく、一回の爪弾き、記憶の虻よ、米噛みに痒み、砂糖漬けにされた幽霊の上に有る手の裏（いや、何でもない、それは空気の流れの中で解体する「未知なるもの」だ）は一撃の下にあなたのチェスの一ト勝負を覆してしまう。あなたの仕事は大したものではないし、あなたの籤引きの紙は何にも値しないんだよ！　しかしあなたの憎しみと諍いと襲撃と、一匹の虫のように身を捩じ自らを知ろうと勤めるそれら全ては、私に鉛をくっ付けた。あなたに書式を見つけることは出来ない、平手打ちに祝福された目隠し鬼よ、あなたはそこにそれが息づくのを感じるが、そこに到達することは出来ない、あなたは靴底を打ち鳴らし、一つづつ嘴をかちかちとさせ、鼻で息を吹き掛け、な、そうだろう、これは取り出すことの出来ない言葉なんだ。御馬鹿さんよ、短気な黒いおちびさん達よ。国家の首領、合唱隊の首領、恐ろしいまでにベッドの中で愛された小娘、郊外の嫉妬深い姉御、孤独な幽鬼、煙草屋のように美男な軍人達、街の伍長達の神様のように優しい元帥、法廷のペンギン、計算しながら自分を泥で汚す技師、鋼鉄の腸《はらわた》の中の水夫、白鉄鋼の罪業で満たされた詩人、台所で泣く母親、雨の降る街で歯痛を慰めるピアノ、こういったものであなたの言葉が道を楽しませることはないし、あなたは法廷の奥で糸から糸へと自分を引き裂いている。けれども、あなたの窪んだ石は庭園の中に置かれて在る、あなたはそれを愛《いと》しむ、毎朝あなたは人から新しい葉を貰う、一度も使われたことがないかのように新鮮な葉をだ。しかしあなたは速く歩きすぎ、何も目にすることがない。あなたが私に付いて来ていれば、もう少し静かに喋っていれば、私達にしてもゆっくりすることが出来たのに、あなたをこんなに愛している私がですよ！

　人気の無い声、夕暮のスカーフ、硝子に寄り掛かった骨っぽい頭。動物はどれも柵の中で紡ぎ車と居る。あなたの植物はもはや私のものではない。遅すぎた。ペリカンよ、栄養に寄与するお前の古い傘を拡げることも出来ないのに、永遠に膨れたとて何になるんだ。火喰鳥よ、お前が樹の下で拳闘しながら走り回るのは何のためでもない。あなたが私を子供時分のように悦ばせることはもうない、言葉少なで愛の大きい男があなたのところまで私の手を引いてゆく時には……私たちが扉のところを過ぎる時に鳴る鉄環、人はそれを捥ぎ取った、斜面の馬はもはや存在しない……詩人よ、それを再建せよ、お前に愛をもたらすことがなく、お前が親しげに口をきく時にはムッシューと呼びかけてくる、嘘と幻影との麝香の香る回転する島に於て、しかし何処で皆はお前の最良のものを引き出すのか、死の鋳造物のところまで？　お前の笑い声は鉄格子の中で溶けた、段から段へと大盾を並べる時代、そして夜が来た。柘榴は心を見せる。水晶と香料入りパンの工場がセーヌ河畔に燈を点す。貂《てん》どもの音が聞こえる。さあ、何処へでも行くがいい。お前の炭鉱の画廊へと戻るんだ、戸口で娘に話しかけろ、雲母と蛹とで幽かに縁取られて、王冠を戴いた古い瓦斯燈が亡命するこの通路に、昔みたいに嵌まり込め、黒い馬鹿野郎めが。よく響く印象で腹一杯になれ。音楽よ、道徳がたじろいだ今となっては、もう勘弁してはくれないものだろうか？

（《Colère》）

何よりも先ず此処までお目通し下さった方々に私は感謝申し上げる可きであって、今唐突に思い出すのは前にも引いた吉田健一のこんな言葉である、「要するに翻訳も文学の仕事であると言つてしまへば、それですむことだらうか。ただ他の文学の仕事と同様に、翻訳にも限界があつて、作品の中には訳せないものもある。ジョイスの『フィネガンのお通夜』を挙げれば、直ぐに解ることである」（「飜訳論」）申すまでもなく今日ではその『フィネガンズ・ウエイク』にも柳瀬尚紀氏の立派な名訳が在って、別してそれを盾に取ろうという気は毛頭無いのだが、ともかくも私は私の限りを儘くして本文と格闘したことを告白する。その上で、ここから想起されたのは、このテクストとほぼ同じ時期に遠い日本で書かれたシュールレアリスト上田敏雄の『假説の運動』（一九二九）の筆づかいだったとも言いたいのである。訳文はこれを念頭に置いて行ったことを申し添えたい。

それにしてもこの一篇に見られる狂気とすれすれな多種多様に亙るイメージの数々は一体何と名付ければよいのか。確かなことは、ここでのファルグが過剰な現実に内包された世界に果敢に挑んでいるということだろう。勿論初期のシュールレアリストの一人ロベール・デスノスが得意とした眠りながらの口述に近い部分、自動筆記《オートマティスム》に近いような部分も、ここにはふんだんに見受けられる。始めにも申し上げたように、これは理性の介在を拒んだ感覚と情念とをこれでもかと紙片に叩き付けたかのような苛烈な作品なのである。「怒り」という表題の拠って来るところもこれに由来する。取り分けて私の気を引くのは「ビロード状のスフィンクス」だの「羽のような小さな鍵」だの「審議中の科学的な楽器」「毛髪のランプ」「血まみれのヘアネット」だのといった条であって、これらはまるでダダイスト、マン・レイのオブジェにでも有りそうな概念ではないだろうか。そのマン・レイやパウル・クレー、パブロ・ピカソ等によって第一回シュールレアリスム展がパリで開かれたのは本作に先立つ一九二五年。前述した大冊「レオン＝ポオル・ファルグ讃」号にはフィリップ・スウポオ、トリスタン・ツァラ等に混じって彼等三名が悉く作品を寄せている以上、ファルグも必ずやその展覧会に馳せ参じたものと私は信じたいのである。

『空間』所収の第二冊目は『ヴュルチュルヌ』である。*Epaisseur* と同様にこれも難儀な言葉であって、*Robert*、Emile Littré の *Dictionnaire de la langue française* をはじめとして *Trésor de la langue française* その他いずれの大辞典にもこの言葉は見当たらない。意味を探れば可能性はおそらく四つ。イタリア中部カムパニアの今日 Volturno と呼ばれる河の名か、それに沿った街にちなむか。ロオマ人の神 Vulturnus を指すか。南西の風 vulturnus を指すか。私に解るのはここまでであって、敢えてカタカナ表記のままに記しておく所為がこれである。一巻は「I あなたは夢を見る」「II 段階から段階へ」の二部に分かたれ、前者の五篇は専ら散文詩、後者十篇には短い分かち書きの自由詩も混じるという体裁。先ずはその第一部から、コント風の一篇をお読み頂こう。

二人の復職者たちの話

「思い出ってやつは、」とピエール・ペルグランは私たちに語りだした、「子供の頃の思い出ってやつは俺を眺めようとしてうねり、ひしめき合い、きちっと置かれて虫みたいに音も立てないもんだ。さもなきゃすっかり出来上がった、戸棚にかかった振り子の一ト揺れ、もしくは写し絵のようにゆっくりとした、時に悲壮でこっそりと染みの付いた、ハンカチに付いた神聖な跡形のようで、動きやまぬ空のブランコのぶつかる音か、涙をそそる液体が俺の中に染み込んでくるようなもんだ。俺はおとっつあんとおっかさんの顔、ジャンヌ小母さんの顔を、寝室と鉄道と、トランプのように切られた家々、パパンの鍋、辻馬車の幽霊、水に沿った光、夜毎の薪の火、いろんな病気とアップル・パイとを目にした。その中ではデイロールの家、モネエ街、家族の揺り籠なんかが、モルフ・エレノールの大きなショーウインドウと顕微鏡の砲兵隊と用意された死の臭いと一緒にきらきらしている。

気がつけば博物館の回廊に独りだった。みんな行ってしまったんだ。解るかい。博士たちも恋人たちも兵隊たちも子守りたちもだ。そこで俺はこの巨大なお年玉の難破船の中で、独りで夢想に耽りつづけたんだ。ああ、と俺は考えた、子供がまじめになりだすと、勉強を好きになりだしたり物に感じやすくなったりしだすと、おお、十四歳の詩人よ、科学と死の豊穣な香よ、まるでこんなおもちゃを持ってるかのように歓喜の病《やまい》に落ち込むもんだ。俺はこんなに綺麗なものを見せに連れてこられた時にはほっぺたを熱くして帰ったもんだ。ゴリラだの獰猛さを失くしたライオンだの、横ッ腹に毎月コールタールを塗られている鯨だのは、詩人と独身者にとっては至上の喜びだ。骸骨の仲間を引き連れたヴィーナス、あんまり早く尻をひっぱたかれた子供のあわれをそそるようなかたちの壜の中の胎児、これらすべての非難されよく似た漂流物、それからおどおどとしてまた雷のような歴史を示す神様の創造物のすべて、ため息、ふてくされてペテンを働く淫乱さ、永遠に続く石蹴り遊び、退屈した太陽、夕暮れの鳥の声、商人たちのあばら家、ヴェールを取ろうと拷問から飛び出たワッフル、おお、俺がいた子供の天国よ……

ワックスを掛けた床に小賢しげな光を注いでいる大きな窓は、床の上にスカーフみたいに滑ってゆく光線をきっちりと区切っている！ おお、俺はいろんなものを見たよ。目覚めかかった眠る人のように、小さな物音は俺をむっとさせた。俺は頭を上げた。俺のすぐそば、陳列棚の中で、大きな貝殻が裏返しになっていた。心を引き裂くようなため息をついて。ひっそりとした影の動きが、徐々に辺りに立ち込めてきた。いいや、間違いやしないって！古代馬ヒッパリオンは足並みを変えた。それよりもっと高いところにいる恐竜ディプロドクスは弓なりに背を曲げて、驚くべきメカニズムの結合である背骨を膨らましだした。どうしようもない速さで。静けさのまったただ中で。注意深く硝子みたいに。怖ろしいナルシスみたいにでっかかった！ 上の回廊のバルコニーでは、今度はいろんな種類の様々な色のやつら、バーンスタンやタルリッヒのたぐいが、おのがじし笑いながら手摺にもたれ、硝子から飛び出した。鳥たちの大喝采のうちにだ。いろんな頭や切られた掌は、重々しい音をたてて、そこかしこしっかりと手摺りの上に置かれている。さあ来い！ なんてえ誓いなんだ！ やがて俺は毛織物と写真の岩の中から出てきた大蛇の静かな破傷風が震え、おずおずと手摺りに沿って貞淑さと共に入り込むのを耳にする……壜から飛び出た胎児は片足で軽く輪舞《ロンド》を踊り、まだ台座に固定されている蛙どもをうらやむ。神聖黄金虫《スカラベ》は鍵をゆるめ、蝶々はそのアルバムを広げる……いや、もう笑うなって！　巨大な獣《けだもの》たちは列をなしてゆっくりと動き出し、出口に向かっている！　俺は見咎められないように脚の間をすり抜けることに成功し、芝生のところに辿り着いた。俺にはもう植物園《ジャルダン・デ・プラント》と認めることが出来なかった！　海、第二の海、異常に肥満して、動物的な海が、でっかい鼻っつらの、翡翠の色の怪物みたいな神様の透明な皮を剝いだ模型、熱い手を動かし、歯を吐き散らし、性器や尻を打ち鳴らし、地平線の奥から喉も裂けんばかりに叫んでいた！　檻や柵はすべて開いていた！　俺はすべての一団を見た。なんてえ髪型のライオンだ。鼻を鳴らし、パンツを失くして牙に荷物を乗っけた象。乗り合いバスの皮のカバーでハープを締め付けているキリンは絶えず動き回る流行遅れのズボンだ。猿どもは鸚鵡をひっぱたき、鶴はトランペットを鳴らし、大蟻食いは太い飾り紐を引きずっている。ヤマアラシはペン立ての鬘を振るわせる。アルマジロは紋章を鳴らす。アライグマは素早く黒い手袋を捥ぎ取っている。ラッパ鳥は袋の中で跳ね回り、古い館の蝙蝠たちは傘の骨の上に裏返り、起きそこなった土蜘蛛はやっきになって眼鏡をほぐし、ナナフシと蟷螂とはおのがコンパスをこじ開け、ジイドの好きな小さな水草はその小さな根っこの上を走っている。つまり革の岩の泡立つうねり、しわがれ声、とさか、羽の生えた旗全部が、ヒマラヤ杉の側からもう波の影に覆われた高みに向かって飛び立つのだ！　庭園は海中で破れた網のようにもがいている……遠くの方には、蒼白な光の中で揺れながら、エッフェル塔の先っぽが見え、群集が階段を昇り降りし、巨大な泡の塊に浸されて、多面体の星の下ですっかりぼやけてしまう。雲雀の鏡のように人を脅《おびや》かしながら、編み物をしながら!!」

「俺だってちょっとしたことをいろいろ知ってるぜ、」ジョゼフ・オシュードルはそう言った。「実際の話が、現象ってやつは俺たちのように興奮した人間が望みうることの出来る全ての物を押さえたことを約束するもんだ！　だが俺はそれはどこか他の場所で始まったんだと思う。俺はそれが硬直したのを見た。駅に到着した列車が停まらないで、壁を突き破って正面玄関に穴をあけ、そこにいた新聞売りと婆さんとを殺しちまった。列車はバターを塗ったパン切れのようにべとつき、ドゥナン大通り、ストラスブウル街、レンヌ街、アーブル街、ケーニング街を平らに削り、通行人を急がせ、二十ものテラスを洗いざらい持ってゆき、食前酒《アペリティフ》をきこしめ、踏み台やランタンの上で仕事の約束や、何トンもの自動車や、本屋の余白、カーテン無しのアナトール・フランスの主人公クランクビル、裸足で一杯の美容室、木馬の上でひっくりかえったような陽気な職工たちの陽気な一群を運び去った。真っ白な眼、心臓においた手、横倒しになった大きなブロンズの燭台、すべては泣きながら息を臭わせながら。これらすべては、凱旋門の下を通って、俺たちの教師をこっぴどく叱りながら、炎を消しながら、リクウエンヌ大統領とウイナンディーの大使を蹴っ飛ばしながら、フォックとペタンをぶつけながら、海の前を転がっていたんだ！　それから、街々はゆっくりと歩きはじめた。次いでもっと速く、濛々たる埃の中を体操の足取りで。流れる警官をもう一度白くさせるために、沢山の縞がスピードを速めるのが見えはじめた。地面は光の嵐の中で揺れはじめたんだ！　人々は家々を滑り込ませた。切られた果物のハサミ虫のように、人に邪魔される門番のように、もう炎を口ずさみながら！　彼等は兎の皮のようにひっくり返った。親しげな椅子の新しい骨、カバーを外された彼等の真新しい器官、赤と緑の荷物、補助席、繊維腫、書物、知識を見せながら、流れる鰓に花咲いて、怖ろしい風の一ト筋に漂う黒い血のテープで飾られて。俺には足で蹴っ飛ばしてやる間、何十万もの高みで捕まえる間、このガラクタの上を見下ろす間しか無かった！　その時だ、俺がエロイムの中に聖なる大きな頭を見つけたのは。年取った支配者の頭、被爆した片眼鏡で物を見る臨床医学者のような。ああ！　そいつは木琴のように肋骨を掻き鳴らして荒々しく口答えし、証券取引所の会談でキャンキャン吠える骸骨どもの束をじっくりと見ている最中だった！　もう少しよく時間の中を滑走しながら、俺はずっと、ずっと知識の中に線を引いていた……俺だって旅行はしたさ、その苦労に値する時にはな！　……ザラはヴェニスの蜜の中でねばついていた。フィレンツェは歯医者の待合室のように芸術品でひっくり返されて尻が頭の上にきていた。発掘され、数え切れない岸辺に貼り付けられた大男たちの白っぽい小山……ノオトル・ダーム・シャルボン・ドゥ・テールに停泊していたナポレオン！　バレスのチョウザメの頭蓋骨は臭い靴の排便管を塞ぎ……そしてフィンガルの洞窟のように組み立てられ急き立てられた輸送車隊、列車、死者！　海、ついに海が戦場に到着した！　それはプレシオザウルスの首をねじり、すべての屑鉄をはぜさせ、リッツとムーリスとをぶん殴った。そこでは女たちが喉を最上のアーモンド入りボンボンで一杯にし、耳が綿の外交官たちが漂い、引き裂かれた魚とごちゃまぜに吸っている、腹をむきだしに！　その時街は、つましげな街は、筆箱のように水に賢しげに漂うアーチを映し出す……

私には何故こんなノートを取ったのか判然としない。酒が有ったわけでもないのに。これは太陽よりももう少し強い吸引器の一撃だったようだ。システムが硬く横切られていなければ、超速度で、遠い星座から来た大きな塊の身体でちょうど我々の先生が予言したように。他の星で私たちよりももっと博識な天文学者たちがよく整っていないシステムで研究し、彼等の天体のメカニズムを作り直さなければならないという考えは、私を大いに悦ばせる。気をつけるがいい。空は黒いダイヤモンドを吐き散らしている！

私には黒人たちの昇ってゆくのが聞こえる、古い創造物、最も古い種族の黒人たちが……
私たちはまた別のことを知るようになるだろう！

……ジョザファと、私のものを再びながめることに！

（《Récit des deux réintégrés》）

舞台はまたもやファルグ偏愛の場所、パリ第五区のジャルダン・デ・プラントなる自然科学博物館に置かれていると思しく、そこから更に文中「ヒマラヤ杉」云々や様々な動物が豊富なイメージを以て描かれるところからすれば、その庭園や動物園をも含んだ広い公園全体へのオマージュということが言えるのかも知れない。実際の話が此処は今日なお美しい夢を隅々にまで湛えた大公園なのであって、読者諸賢には是非とも機会を見て足を運んで頂きたいと思う。一般の観光ルートからは外れているだけに、とはいえ一九九四年に改修された園内幾多の博物館の一つ、進化の回廊 La Galerie de l'Evolution のテープ・カットには確か我が国の天皇皇后両陛下も臨まれたと記憶するのだが、敢えてそう力説したいのである。後段は実在する場所や著名人やの名をも著し、「駅に到着した列車が停まらないで、壁を突き破って正面玄関に穴をあけ」の条も一八九五年にモンパルナス駅で実際に起きた大事故のことを指している模様である。建物の正面から蒸気機関車が斜めに落下したこの事件の写真は絵葉書やポスターになってパリの土産屋や東京でさえもまま見掛けるから、或いは本邦でもおなじみかとも思う。「二人の復職者たちの話」は取りも直さず二人の言を併せて作者その人が生きたパリ讃歌と成りえているというわけである。それにしてもこのきらびやかな展開は読む者を圧倒する。ところどころ意味の判じにくい箇所があっても、読者はそんなところに拘泥する必要なぞ無いのである。

次いで『ヴュルチュルヌ』第二部「段階から段階へ」から掉尾を飾る一篇。

目覚め

「別れないでくれ！」と彼は叫んだ。腰掛けの上で、彼はもがいていた。彼の目には涙が一杯に溜まっていた。

彼を起こしてやりたかったが、私には出来なかった。

私の分身が、身体に入ってくるのを感じた。

ホイッスルの一ト吹きが暗い田園に巨大な螺子で穴を開けた。

地の底の窓ガラスの上で青い扇が回転した。

駅は水門を開いた。

ヴュルチュルヌ！

鉄床《かなとこ》が答えた。蒸気機関車は夢見た。

　男は真っ赤になっていきなり立ち上がった。彼は息を吐き、深いため息をつき、湿った蠟燭を私に差し出し、身を固め、心配そうに扉から覗き、荷物に走り寄って、重々しげに夜のプラットホームに着地した。「さあ、これで……」低い声でそう言うと、ぐったりした手であいまいな仕草をした。私は彼から眼をそらすことが出来なかった、首をうなだれ、両肩を下げ、人間の家々がうめきをあげる光の無い小路で天井と壁の間に収まった女人像柱《カリアティド》のように入り込んでしまうのではないかと思って。

（《Réveil》）


　一葉の写真か映画の一場面かでもあるかのように、視覚に訴え掛けてくる作品である。そしてまた、ファルグが後輩のシュールレアリストたちから一目置かれていたということが充分に判る作品だとも思う。リヨン駅でも北駅でも、何処ででもいい、私は夜半のパリに在って夜の乗客者たちを目にする度に、不思議な魅力を湛えたこの詩を想起して呟かずにはいられないのである。

6 『ランプの下で』*Sous la lampe*（1930）

いち早く戦前から日本で読まれていたファルグの著作、それがこの一巻の前半を成す『聞きなれた組曲』*Suite familière*（1929）である。これには堀口大學と淀野隆三が訳出した詩論 *Suite familière* 及び「珈琲の音」*Bruit de café* と、作曲家フロラン・シュミットやマルセル・プルウストその他の友人知己にまつわる随筆とが収められている。全八篇。本書では既訳の在るものは扱わない方針だから、篤学の士には古い翻訳を御覧願うとして、先ずは *Suite familière* 中の堀口の訳し残した部分から美しい部分を一つ。

夜がやってきた。金色の乙女座は丘の上の高みでヴェールをかぶった。花瓶の上に鎧戸は閉ざされ、やがて私たちを密かにうかがうかたちに煤けた、ランプの領域にひたされる。重々しい足取りが通りを曲がり、尖った敷石に躓いた。若者たちはがやがやとカフェに入った。薬屋は乗合馬車の目の中で涼を取っていた。恋する乾物屋は早くも秋を感じていた。隣の駅では列車が長々とあくびをした。クルーズ川のさざめきは霧と年老いた不平家と壁を引っ掻く小娘の眠る灯の消えた家々とに縁取られた庭に沿って涼しくなりはじめた。
それは何処かで、ペチュニアの花のように、不眠症のための悲しみが開く刻だった。

屋根の上、大きく開いて空っぽな徹夜する窓から、流れ星のように女の声がした。二本の蠟燭の間でただ独り、ピアノが涙を数え始めた。

私はこんな日々の静けさを取り戻したい、そして夜を横切るアルジャントン川の静かな響きにやさしい心で応えたいのだ……

《La nuit venait.》

静謐そのものの風景画のようなこの条は、堀口が「ファルグ一家言」で紹介したような苛烈な詩論を締めくくる部分に当たっている。扱われているイメージも全体の情緒もいかにもこの詩人好みの一節と敢えて訳してみた次第である。思い返せば、山内義雄と福永武彦とが賞揚に努めたのはこのファルグだったことだろう。

次いで私の気を惹くのは、次の珍無類な散文である。

添えられた作品

或る社交欄の抜粋

ヴァレンヌ街の自宅で息を引き取ったばかりのドゥ・グウルダンクウル侯爵はドゥ・グウ

ルダンクウル侯爵と旧姓カバーヌ・ラ・パレットの侯爵夫人との長男で、サンブル・エ・ムーズ県の代議士、上院議員のドゥ・グウルダンクウル侯爵と数年前に百十歳で死んだ旧姓ドゥ・モルトオラ侯爵夫人との孫だった。

或る堅固なる意思と非常に深遠なる知性とによって、ドゥ・グウルダンクウル侯爵はスポーツ界に偉大なエネルギーと比類ない巧みさとの評判を残したのだが、それは彼に鳩撃ちの名手だの狩りの名手だのフェンシングの名手だの乗馬の名手だのといった数え切れないグランプリをもたらした。

わけても動物を好み、この完全無欠の騎士は言ってみれば生涯をフランスの馬に費やし、ノルマンディーの己が牧場で適切に選ばれた種族の交配と極めて独特な調教の方法とを模索したが、それはフランス内外の多くの学校でも採択された。

文学に長けていたのみならず、彼は『山鶉狩り』『障害物競走馬の自由な訓練』惜しくも第二巻が未完の『カモノハシとアルマジロ狩り』『障害物競走馬の天国』等々の極めて興味深いスポーツの書物を著すことに時間を割いた。

上品で教養の有るエレガントな精神で、彼は小説も多く残したが、そのうちの幾つかは未完。甘美な詩は天分と才気、この上ない慎ましさとを示していた。

忠実で高貴、誠実な友。その生涯は信じがたい感情の強さで、ここ数ヶ月というものは忍耐と勇気、キリスト教的諦念の鑑だった。古い家柄のこの紳士は不服を示すことなく苦しみ、死ぬことを知っており、死を前にしてもいつも通り、神のこと、古い友人たちのこと、いつもの道楽のことのみにしか思い出していなかった。

☆

メルトン・モウブレイなるクラヴァン・ロッジ・クラブのガール皇子のアパルトマンを二月一日まで借りていたドゥ・ラ・モランクール公爵婦人は、クリスマス休暇の間ぢゅうずっと十四歳になるギイと九歳のゴントラン子爵兄弟を侍らせていた。彼等は良い鞍を持っていた。前者は今週再びパリで講義に出る。公爵夫人はたった六週間イギリスにいただけだったが、既に沢山の友人を作り、狐狩りの得意さを見せつけていた。最もすばしっこい競技に於いてさえも。

☆

回状

拝啓、

必要と思われる使用人を御送りすることをお許し下さい。いつも優雅なあなたの宴会のために。

六フィート一インチの狩人、羽根付き：二十五フラン。

よく声の通る、この上なくロシア風やドイツ風の名前も間違いなく繰り返せる式典の采配者：十九フラン。

同上、純分検証印のある銀の鎖付き：二十三フラン。

制服を着たポーランドの将軍：九フラン。

同上、痰に覆われて少しだけ喋る：十四フラン。

（《Pièces jointes》）

奇妙なナンセンス、それだけのことかも知れない。しかし何となく心に引っかかる作品ではないだろうか。

詩集『ランプの下で』後半を成すのは『平凡』*Banalité*（1928）である。これは或いは『閑談』と訳すべきかも知れなくて、要は陳腐な書き物というこころを表している。全七篇のうちには十四音節のアレクサンドランあり、散文詩ありで飽きることが無い。その中から先ずは表題の一篇を。

平凡

ニワトコの匂いが完璧な忘却を私に示唆する……

母さん、僕にはあなたが変りばえのしない、優しい、幸運から見放されたこの部屋の中で動くのが見える。運河から来る光の中で、僕等がすべての細やかな形と善良な人間のすべての偏愛を知っているなじみの品々の中で、あなたは歌おうとしている。

僕の心は重すぎていた、自分より大きなパンを持って駆け出す小学生のように、この弱く思い上がった心は。

パイプを口にした古い友人と共に、僕等三人は思い出の畑を踏みしめた。

鎧戸が退屈させるこの青味がかった壁にもたれかかるとしましょう。

涙の塩を幾度も味わった窓で喉を潤すとしましょう。

☆

黒い網に覆われたこの屋根を守る風見鶏は運河の風に激しく巻き起こる煙を哀れんでいた。

アトリエは硝子の設計図の中で囁いていた。水の舌は光を濡らしていた。屋根の棟では細心な鳩が危険を冒していた。台所の食器棚の上に後宮のドロップのように身を置いた二十日鼠は、武器を持った蠅どもに武張って占領された丼を、毛の生えた三脚を、ラ・ヴィレットの屠殺場から来たよくとどろく黒鉛の球、淀んだ鋏、すばやく消える緑のインクのしずく、カウンターの上のラッパの乾いた響きを取り巻いていた。でも端っこには、一番端っこには、しごく小さい二十日鼠がやってきた。洋紅色がうごくところ——毒を入れた注射器のように奇妙に長く透明で、僕らにはすばらしく完璧に思いがけない二十日鼠。

閑暇は白い光の中で帽子をかぶった。

☆

一陣の軍楽が病院の庭の壁を飛び越えた。蒸気はラッパの音で水門を要求した。おお、甘美な陽の雷鳴よ、駅と運河の上の赤い突風よ、列車の太鼓、年老いた黒い羊、嘆くような吐息、忘却の砂洲、ガスと家畜小屋との臭う鄙びた夢見るパリの思い出、幸福に気づくことなく空気の柱を吸っている通行人の重要性を上げよ。環状線の鉄道はあなた方のたびよりももっと遠くへ行った。僕の部屋をめぐる旅は環状線よりももっと遠くへ行った。乗合馬車の靴は樹々と泉とを履いている。食前酒を動かすために手回しオルガンは十時に鳴りはじめた。下手な弾き手たちは八拍子に罠を掛けた。「思い出してごらん、思い出してごらん……」

☆

（しかし彼には僕に急いで答えようとする様子は無かった。僕たちが「弁護士」と呼んでいた鳥の鳴き声が聞こえた……）

☆

僕の部屋に火は熾こさないでくれ。僕たちは出かけるんだ。光は美しい。（神秘を追跡する時刻。夜の青い目の前で疑惑と前兆とを追い求めて……）

☆

通りの正面は都市だった、商店や宝飾の仮り店や、郵便局、トランプに興ずる人々の誓いや、ビリヤードの一突きと共に。でも別の側では何を考えているんだろう？　僕はそこに神秘的な縁布を見た、ニガヨモギと南京虫の臭う手入れのしていない庭の一続き、限りなく絡まり緑の糸で始まり高くゆっくりと滑る幽霊のような路面鉄道に区切られた交錯が爆ぜる奇妙なヴェールの枕カバーの下で、田舎の時計のように重々しく、ブロッケン山の亡霊のように雲まで引き伸ばされた響きと共に……

☆

……マンドルとブリュノワかい？　日曜日にでも行くっていうのはどうだろう？　おい、なぜ赤くなってるんだい？　——僕は窓から眺めていた。空はイエールの街の色だった……——もう何も言わないでくれ、もういいんだ、僕はマンドルを再び見る、このどんよりとした草で一杯の流れ、タチアオイ、羊飼いの杖に守られた小径、激しくぶつかる荷を積みすぎた小舟、柳にかかる霧の中の栗鼠ども、顔の中に錨を投げるロコプトの水車小屋の年老いた漁師、思いがけない出会いや勤勉な優しさなど。また水の上の声、水の上で海を求める声……ああ！　林で見つけた昆虫の数々、緑のスリッパを格子にくっつけながら環をなすオレンジ色のカロンクルス草に輝く巨大な毛虫、ブラスバンドのように鳴り響く路面鉄道が辿る広大な公園、酔っ払った九柱戯、蠅の鐘のように満員のテラス、嵐に脅かされたカフェの満潮、夕暮れの小さな駅の盥の響き……そして僕はエリイ小母さんに会うんだ、とても優しかったが焼け死んだ……

皆だけが出かけ、僕が夜遅く帰ってくる時、僕はすぐに台所へ行った、彼等の薔薇の花束が水に浸かっているのを見るために……

（《*Banalité*》）

回想を細々と描写するかのような筆致は極めて丹念なものである。そこに、小さな飛躍があって大きく詩を伸ばしているのがお判り頂けるだろうか。

巻末の一篇は「後記」という名の詩である。例えば西脇順三郎が詩選集冒頭作者紹介の自伝欄に「自伝」という名の詩を書いてしまったように、これは「後記」という名の詩なのである。

後記

金の貼られた長い腕が樹々の高みから滑り降り
下りはじめ枝々の中で鳴る。
花々と葉とは押し合い理解しあう。
私は蜥蜴が夜の静けさの中に滑り込むのを見た。
沼の上の月は身をかがめ、マスクを付けた。
繻子の靴が林の空き地を走る
地平線と繋がる空から呼び戻されるように。

夜の小舟は出発する支度を整えた。
他の人々は鉄の椅子に座りに来るだろう。
他の人々は私が居なくなってからそれを見るだろう。
光は愛してくれた人々を忘れるだろう。
どんな呼び声も私たちの顔を再び燃やしはしないだろう。
どんな嗚咽も私たちの愛を引き止めはしないだろう。
私たちの窓からは灯が消えることだろう。
見知らぬ二人連れが灰色の通りを沿ってゆくだろう。
声
他の声は歌い、他の眼は涙するだろう。
新しい家の中で。
すべては完成し許されることだろう、
苦悩は新鮮になり森は新しくなるだろう、
そして多分或る日のこと、新しい友人たちのために、
神は私たちに約束した幸福を授けることだろう。

《*Postface*》

こうして我々は大冊レオン＝ポオル・ファルグ全詩集を読み終わる。後は明るい光のたゆたう午後、或いは雨のそぼ降る暮夜、折に触れては密かに任意のページを辿り辿りして、ここにも一つの詩人の世界が在るということを強く確認するだけなのである。戦前戦後を通じて、本邦にも幾人かのファルグ信奉者はいた。それが近年になってみると全く無視されていることを惜しむのは、果たして私だけなのだろうか。オレンジ色のこの大著を前にして、私は今そう自問している。

Léon-Paul Fargue au Japon

Yukito AKIMOTO

L'auteur du *Piéton de Paris* n'est pas toujours un inconnu, même au Japon. Il est bien entendu qu'à côté d'un Valéry, d'un Apollinaire et d'un Cocteau, Léon-Paul Fargue n'est pas aussi célèbre, même parmi les amateurs de poésie moderne; il y a encore des gens qui le confondent avec Laforgue! Les anthologies faciles à trouver oublient souvent le nom de Fargue, et il faut dire que les Japonais aiment beaucoup cette sorte de pot-pourri avec lequel le parfum de la France se répand tout de suite autour d'eux. Cependant, plusieurs connaisseurs de la littérature française ne l'ont jamais négligé. Cela les poussa à traduire ses écrits, et il en résulte que nous pouvons parcourir, même de façon hâtive, presque toutes ses œuvres: poèmes, contes, essais et critiques, tout en nous aidant des traductions japonaises parfois brillantes. Comment alors la présence de Léon-Paul Fargue est-elle devenue évidente pour certains Japonais?

I

La première traduction des écrits de Fargue date de 1923, année où le poète n'était pas encore un grand personnage, même dans son pays natal. L'un des meilleurs amis de Paul Claudel, l'universitaire Yosio YAMANOUCHI (1894-1973), chevalier de la Légion d'honneur, a traduit trois pièces des *Poëmes, suivis de Pour la musique*[1]. C'est dans son article nécrologique pour Fargue que

Yamanouchi a parlé de sa rencontre avec ce livre: «Léon-Paul Fargue vient de mourir et on me demande d'écrire quelque chose», y dit-il, «Je me sens bien évidemment obligé d'écrire, car il est bien possible me semble-t-il que ce soit moi qui aie traduit et introduit pour la première fois les œuvres de Fargue. Je ne sais plus comment je me le suis procuré, mais, dans le temps, ses *Poëmes, suivis de Pour la musique* m'attiraient énormément. (...) Avec ce seul recueil, Fargue m'a bien accompagné durant ces vingt-cinq années. Lorsque je pense à mes poètes modernes favoris, son nom me vient tout de suite avec les autres, dont Jean-Marc Bernard, Jules Supervielle et Aragon dernière manière[2].»

Le japonais de Yamanouchi est correct, mais, à l'instar du *Boku yô shin* (*Pan*) (1920), recueil posthume de poèmes français traduits par son maître Bin UÉDA (1874-1916)[3], la langue de ses trois traductions est souple, de style parlé. Un exemple remarquable en est le dernier vers des «Dimanches»; rappelons le texte original de Fargue : «Au loin un orgue tourne son sanglot de miel... / Oh je voudrais te dire...[4]» Tandis que traducteur contemporain, l'a transcrit mot à mot, Yamanouchi s'est permis d'y voir une intention et l'a traduit tout simplement «Ano...» : deux syllabes qui équivalent presque à un *dis donc* en français. Cette sorte de libre interprétation se voit aussi dans sa traduction de «Au fil de l'heure indéfinissable», pris toujours dans le même recueil: «Un rayon rôde encore à la crête du mur, / Glisse d'une main calme et nous conduit vers l'ombre... / Est-ce la pluie? Est-ce la nuit?[5]» La première interrogation a été traduite par Yamanouchi comme une langue parlée très douce, féminine même, en revenant soudainement au narrateur lui-même: «Amé ka sira?». Par contre, la deuxième a été considérée comme un énoncé résolu et étonné: «Yoru ga kita

noka?». Cela donne à ce passage une sorte de mouvement aussi spatial que temporel, comme si l'on voyait un acteur sur les planches monologuant tout d'abord pour lui-même et, un moment après, d'une voix un peu plus forte, pour le spectateur. Ces modulations produisent une riche ampleur qui s'accorde bien avec l'atmosphère pluvieuse du soir décrite par Fargue.

Les traductions de Yamanouchi se limitent à ces trois poèmes. Mais c'est toujours à partir de là que nous, Japonais, commençons à lire Fargue dans notre langue maternelle. Et c'est grâce à cela que la première image de Léon-Paul Fargue au Japon a été celle d'un poète posé, modeste et sentimental. Cela nous rappelle bien la remarque de Georges Duhamel faite lors de la publication des *Poèmes*: «ces pièces délicatement désuètes», dans lesquelles l'auteur «se complaît (...) à des formules qui, mieux que les chiffres datent le recueil[6].»

Comme pour changer cette image en une autre plus moderne, est arrivé un deuxième traducteur Ryuzô YODONO (1904-1967). Entre 1929 et 1930, il a écrit une série d'articles sur les écrits de Fargue dans la fameuse revue *Shi to shiron* (*Poèmes et arts poétiques*). La traduction intégrale du «Bruit de café», neuf pièces toujours extraites des *Poëmes, suivis de Pour la musique*, en plus de deux articles tirés de l'*Hommage à Léon-Paul Fargue* des *Feuilles libres*, y est ainsi parue[7]. La revue a été fondée sous l'égide de l'Esprit Nouveau, c'est-à-dire qu'elle s'est résolument trouvée dans le camp de l'avant-garde, une école qui, avec la littérature du prolétariat, divisait alors le monde littéraire du Japon. Il est donc facile de voir dans ce feuilleton, le penchant polémique de Fargue.

Or, au Japon, Yodono est aussi connu pour être le premier

traducteur de *Du côté de chez Swann* (1929-1930) de Marcel Proust; de plus, dans sa jeunesse, il tenta d'écrire des nouvelles avec son ami, l'écrivain Motojirô KAJII. Comme on peut le comprendre facilement, sa qualité résidait plutôt dans la prose que dans la poésie. Certes, en ce qui concerne les neuf poèmes, son style mérite moins l'attention que celui de Yamanouchi. Par contre, le traducteur a déployé pleinement son talent pour "Bruit de café". Rappelons que, dans les années 20, il y avait deux grands novateurs de la littérature moderne au Japon, l'écrivain Ryûnosuké AKUTAGAWA et le poète Sakutarô HAGUIWARA, deux grands amateurs d'aphorismes. Ce genre littéraire était à la mode. Il est donc bien possible que Yodono ait voulu suivre le mouvement en mettant en avant le style bref et critique de Fargue et que, de son côté, le public l'ait reçu dans le courant de cette mode.

Ce qui est dommage c'est qu'il y ait plusieurs maladresses dans cette traduction, par exemple, il est bien possible que Yodono ne savait pas, ce que signifiait la «Nouvelle Athènes» de Paris mentionnée dans l'épigraphe de l'original, ni «meccano» ni «M. Durand», qui se trouvaient tous les deux dans le texte. Ce «Bruit de café» à la japonaise en était devenu un peu cacophonique, et c'est, sans doute, pour cette raison que ce feuilleton ne pouvait pas gagner l'unanimité des lecteurs; il n'a jamais été réédité, tandis que les autres séries, les traductions de Cocteau, de Jacob et de Cendrars parues dans la même revue, ont été tout de suite réunies chacune en un volume.

Pour combler cette lacune, le poète Daïgaku HORIGUCHI (1892-1981) a sans aucun doute tenté de reprendre le «Bruit de café». Il en a choisi les fragments compréhensibles pour le public

japonais en y ajoutant les choix de la «Suite familière», un art poétique dont le style est toujours celui de l'aphorisme de Fargue; ses «Opinions personnelles de Fargue» composées de quatre-vingt cinq fragments traduits sont ainsi parues en 1932[8]. Fils de diplomate, Horiguchi a vécu sa jeunesse hors du Japon, notamment en Belgique, en Espagne, au Brésil et en Roumanie. Il a cepéndant traduit les meilleures poésies symbolistes et modernes, de Gourmont à Apollinaire, Cocteau et Jammes. Trois cent quarante traductions toujours très subtiles se sont ainsi accumulées et ont été éditées en un volume conséquent intitulé *Gékka no ichigun* (*Un groupe au clair de la lune*) (1925). Ce recueil radieux n'est jamais tombé en désuétude. Il se lit et continuera à se lire encore au Japon.

Il va de soi que ses «Opinions personnelles de Fargue» sont d'une grande qualité ; sa touche est fine et légère, ce qui est caractéristique de Horiguchi d'ailleurs. Ce qui intéresse notre propos, c'est la note de présentation que le traducteur y a ajoutée. Ainsi, pour correspondre au texte de Fargue: «Pas trop de voyage. C'est aussi d'un aliéné sentimental, ou d'un parvenu[9]», Horiguchi a écrit: «Fargue, ce parisien pur-sang, aime tant Paris qu'il n'a jamais voyagé. Bien qu'il ait des amis, des collègues grands voyageurs, il se contente seulement de Paris. Pour Fargue, Paris est le monde entier. Dès que la nuit tombe, il commence à errer dans tout Paris. (...) Vers trois heures du matin, on le voit souvent, avec une courte cigarette aux lèvres, sortant nonchalamment d'un café, comme s'il voulait quitter le vacarme ambiant.» On ne sait pas si ces propos ont été rapportés par les échos de certaines revues de l'époque, ou bien si Horiguchi lui-même en a été témoin lors de son passage dans la capitale. Horiguchi y a aussi remarqué la tendance évidente

de Fargue au néologisme: «Prononcé par la bouche de Fargue, chaque mot résonne de façon étrange. Il implante un nouvel intérêt au fond du cœur du lecteur. Il aime inventer une langue singulière qui flotte comme un drapeau et qui éclate comme un feu d'artifice. Dans le son, il trouve et ramasse toutes les significations perdues. Dans la musique, il cherche des rêves plus lointains que le vaste ciel.» Ici, Horiguchi n'a pas indiqué *Ludions*, recueil de Fargue entre autres connu pour son usage des néologismes. Mais, à travers cette citation, on comprend bien qu'il l'a sans aucun doute lu, et même, cela nous fait penser qu'il a une connaissance plus profonde encore de la poésie de Fargue. Bien avant Maurice Blanchot, nous semble-t-il, Horiguchi a remarqué chez Léon-Paul Fargue cette force du «rajustement des mots», ces «sortes de plaques tournantes du vocabulaire[10]».

Voici donc trois visions de Fargue parues avant la deuxième guerre mondiale au Japon. Au début des années 30, son image est déjà concrète, mais elle est encore limitée en tant que poète théoricien, à l'instar de Valéry, qui commençait à se faire connaître presque à la même époque au Japon.

II

Après la deuxième guerre mondiale, l'image de Léon-Paul Fargue changea au Japon. Tout d'abord, en 1962, grâce à l'écrivain et poète Takéhiko FUKUNAGA (1918-1979) qui choisit six pièces des *Poëmes*[11]. Le style de Fukunaga est connu pour être celui de la tendresse et de la délicatesse basées sur la culture européenne. «Le Jour et la nuit d'un garçon rêveur», «La Ville abandonnée» et «Le Léthé». Les titres de ses nouvelles telles que témoignent bien de sa

nature douce et livresque. En plus des contes et des nouvelles, il a également écrit beaucoup d'essais, dont notamment les monographies sur Baudelaire et Paul Gauguin.

Dans sa courte note, Fukunaga dit très succinctement à propos de l'originalité des écrits de Fargue: Fargue garde une tendance introspective et nostalgique, autant dans les poèmes en prose que dans les vers. Il les enveloppe de visions mouvementées et de déformations souvent étranges; c'est la raison pour laquelle on le classa parmi les *Fantaisistes*. (...) Toutes les pièces de ses *Poëmes*, le recueil de sa première période, sont baignées d'un charme crépusculaire et colorées de nostalgie. Bien qu'il ait employé un style souple et harmonieux, il y a souvent de brusques ruptures logiques à la façon des cubistes. Certes, ce recueil n'est pas tout simplement gracieux, ni délicat.» Ce qui nous fait réfléchir ici, ce sont ces «visions mouvementées et ces déformations souvent étranges», ces «brusques ruptures logiques à la façon des cubistes», un penchant assurément évident chez Fargue. Ces traits dominants ont été déjà bien soulignés par Ryuzô Yodono au début des années 30, mais ce précurseur l'a expliqué maladroitement en employant une expression inhabituelle, «la libre mutation poétique». Tandis que Fukunaga, grand amateur des beaux-arts, recourait aux termes techniques de peinture qui sont devenus familiers pour le public japonais; la «déformation» et les «cubistes» étaient à cette époque-là des termes assez connus dans le vocabulaire japonais comme étant d'origine française. Il se pourrait donc que, grâce à cette courte explication, le monde de Fargue soit mieux compris qu'avant, de certains Japonais.

La traduction de Fukunaga a été éditée trois fois. Dans sa deuxième publication, il a ajouté un petit mot, dans la postface:

«J'aime toujours les *Poëmes* de Fargue. Aujourd'hui encore, j'ai très envie de les traduire intégralement.» Il est regrettable que, dès qu'il eut écrit cela, la mort ait frappé à sa porte un peu prématurément. Si Fukunaga avait réalisé son vœu, les Japonais auraient pu se flatter d'avoir une traduction honnête et généreuse de cet écrivain.

Avec les *Ludions* traduits par le poète Hanya KUBOTA (1926-2003), qui était également un universitaire, l'image de Léon -Paul Fargue se transforma complètement au Japon[12]. Il faut dire qu'à partir des années 60, chez les japonais comme chez les Français d'ailleurs, le goût pour les arts évolua de façon exacerbée. La sentimentalité au bon sens du terme disparut, tandis que vint le temps de la politique; cela dura jusqu'au milieu des années 70, et ensuite, suivant la croissance de la force économique, les classes sociales se diversifièrent énormément, les modes de divertissement évoluerent, y compris l'attitude vis-à-vis des arts. Le choix de Kubota, et les proses farguiennes traduites en japonais, comme nous allons le voir, en sont peut-être de bons exemples. Quant à la musique, ce fut pendant longtemps celle des Allemands que le Japon préféra: Bach, Beethoven et Brahms étaient les trois étoiles de la musique classique. Il n'y a pas si longtemps que la musique française, dont celle des impressionnistes modernes, importée tout de même dans les années 20, passa au premier plan. Erik Satie est entre autres, devenu une vedette, surtout après 1975[13]. Comme on peut le deviner, les *Ludions* de Kubota ont été traduits pour la première fois en tant que paroles des mélodies de Satie.

Comme ils étaient traduits pour un disque de Satie, leur nombre est limité à six ; mais la qualité de ces *Ludions* à la japonaise est brillante. Si l'on nous demandait notre opinions, nous citerions ce passage du critique Claudine Chonez à propos du texte

original: «d'inspiration légère et volontairement bizarre. La langue est imprévue, illogique, cocasse jusqu'au calembour[14].» Concernant les *Ludions* et la musique de Satie, ajoutons aussi, que le musicologue Kuniharu AKIYAMA (1929-1996) a traduit seulement la «Chanson du chat» lors de la représentation du Théâtre de la Huchette à Tokyo, en 1988[15]. Son style est aussi agile que celui de Kubota.

Il y a assurément de quoi penser que Kubota aimait la poésie de Fargue. Quand on lui a imposé de rédiger une anthologie s'intitulant les *Nihon no light-vers, Nagéki-bushi fû no Bohi-méi* (*Poèmes légers du Japon, des Epitaphes à la Complainte*) en 1981[16], il n'a pas oublié d'y insérer sa traduction de la «Chanson du poète» de Fargue comme un témoignage de légèreté cocasse née en France. De plus, à sa demande, l'un de ses disciples, Shinichirô MATSUMOTO (1948-1993) a traduit «Dimanches» et «Dans la rue qui monte au soleil... », tirés des *Poëmes*, pour un gros volume de *France shi taikei* (*Poésies françaises*) paru en 1989[17]. Dans ses dernières années, les poèmes de Kubota lui-même montraient une finesse déliée fondée sur une sorte de résignation joviale; cela prouvera, peut-être, une affinité inhérente avec Léon-Paul Fargue. Comme on le sait, c'est à cela que l'on reconnaît la poésie de Fargue.

III

Venons-en aux proses de Fargue traduites en japonais. C'est seulement depuis les années 80 que deux poèmes fantastiques en prose de Fargue ont été introduits au Japon, ce qui est très peu. Il est tout de même indéniable qu'ils se sont trouvés, dans le monde

littéraire du Japon, dans le prolongement de la grande diversité des goûts que nous avons signalée plus haut. D'abord, c'est «La Drogue», traduit par un universitaire, Kazuo AKIYAMA (1947-). Certes, le public japonais a tellement mûri qu'il pourrait apprécier cette frénésie latine, un état d'âme qui est intrinsèquement incompatible avec l'esprit des Japonais. De plus, dans cette œuvre, il y a quelques ressemblances avec «La Disparition d'Honoré Subrac» d'Apollinaire, célèbre conte qui a été écrit dix-sept ans avant «La Drogue». En effet, tant dans la structure dépendant de la narration à la troisième personne que dans l'histoire des hommes qui s'évanouissent dans le «mur palimpseste[18]», l'écrit farguien nous rappelle celui de l'auteur d'*Hérésiarque et Cie*. Or, celui-ci a été plusieurs fois traduit et assez diffusé au Japon[19]; il est donc possible que les Japonais aient les bases nécessaires pour accepter le conte traduit par Akiyama. Il a été placé dans un recueil de la collection *France Gensou bungaku sen* (*Anthologie des Contes fantastiques en France*) qui est composé de trois volumes[20].

Dans sa courte postface, Akiyama écrit ainsi: «Des vers libres aussi intelligents que mélancoliques aux poèmes en prose avec leurs symphonies d'images, la poésie de Fargue a évolué. J'ai traduit ici l'un des textes d'*Epaisseurs* (1928) ; ce qui est bien fixé dans cette œuvre, c'est l'angoisse moderne qui se mélange avec la folie rôdant dans tout Paris, cet espace urbain.» Si, comme l'a dit Louise Rypko Schub, Fargue a voulu dans cette prose poétique «poursui (vre) en vain la chose créée, qui s'évanouit au moment même où il allait l'atteindre[21]», cette opinion d'Akiyama aurait touché juste. Satisfaire pleinement le désir nous serait en effet plus difficile de jour en jour, en France comme au Japon. Or, on sait que même en France, *Epaisseurs* n'a pas encore suscité l'intérêt qu'il

mérite[22]. S'il en était ainsi, la décision de ce choix prise par Akiyama mérite d'être soulignée deux fois.

Presque dans le même esprit que la collection qui a accueilli «La Drogue», l'écrivain Tatsuhiko SHIBUSAWA (1928-1987) a rédigé à la fin de sa vie, une anthologie intitulée *Yumé no katachi* (*Formes des rêves*) (1984)[23]. Il faut dire qu'en ce qui concerne la littérature française, les Japonais d'aujourd'hui lui doivent beaucoup : Cocteau dans les années 50, le Marquis de Sade et les Petits Romantiques dans les années 60, et André Pieyre de Mandiargues dans les années 70; tous ces travaux fructueux montrent bien son originalité comme traducteur. Shibusawa en avait une autre, celle d'être un auteur de contes. Ce sont ces deux éléments qui le pousseront à choisir le dernier passage de «Souvenir d'un fantôme», une œuvre que Fargue a placée dans *D'après Paris*.

Ce qui est vraiment regrettable, c'est que, le livre étant composé des fragments des écrits de ses auteurs favoris, Shibusawa n'a traduit que les deux dernières pages de notre poète. De plus, il a intitulé de son propre chef ce passage «Aru shyûmatsu fûkei» («Une scène eschatologique»). Cependant, la scène onirique où, un beau soir d'été, le narrateur rencontre «un Centaure» dont le visage est celui de «Monsieur Barbey d'Aurevilly», s'accorde bien avec le sujet de l'anthologie de Shibusawa. Un gentleman avec un cœur d'enfant, voilà comment nous nous représentons l'écrivain Shibusawa, pour l'essentiel; cela correspondrait bien à Léon-Paul Fargue, et pour cette raison, nous pensons que sa compréhension est correcte et honnête, ainsi que le style japonais dans lequel il écrit. Comme Shibusawa acquit une grande popularité, cette anthologie fut à nouveau rééditée encore comme livre de poche[24],

ce qui implique ce serait bien le texte de Fargue le plus lu au Japon actuellement.

*

Au terme de ce tour d'horizon, nous pouvons constater qu'au Japon la connaissance des œuvres de Fargue se divise en trois stades. Avant la guerre, c'était un Fargue sentimental et polémiste, voire un poète très sérieux. Ce n'est pas sans raison que s'est ainsi construit son premier portrait, car la poésie de l'époque, au Japon, l'était elle aussi. Même après la guerre, certains intellectuels tels que Fukunaga, soulignaient volontiers cet aspect de l'auteur des *Poëmes*. Voyons-les comme un deuxième stade, prélude au suivant. En troisième et dernier lieu, un Fargue ironique et fantastique est introduit avec les *Ludions* et plusieurs proses poétiques. Cela reflèterait aussi, bien entendu, l'intérêt des lecteurs actuels du Japon, qui sont attirés par certains excès de la passion.

Depuis Yamanouchi, en quatre-vingt-trois ans, nous comptons au Japon neuf traducteurs défiant les subtilités des œuvres de Fargue. Grâce à eux, même le public qui n'a jamais étudié le français peut savoir ce qu'apporte sa poésie, sans que sa langue natale soit trop déformée. Bien qu'un chapitre sur Fargue manque encore dans bien des livres sur la littérature française, d'un certain point de vue, nous pouvons dire que Léon-Paul Fargue a été reconnu au Japon parmi les poètes du symbolisme finissant et les conteurs de l'Entre-deux-guerres[25].

NOTES

[1] Yoshio Yamanouchi, «Une odeur nocturne, indéfinissable», «Dimanches» et «Au fil de l'heure pâle», in *France shi sen* (*Anthologie de la poésie française*), Shinchô-sya, Tokyo, 1923. Notons qu'après cette première édition, ces traductions ont été plusieurs fois rééditées par diverses maisons (1933, 1938, 1952, 1954 et 1964).

[2] Yosio Yamanouchi, «Inshô» («Impressions») (1948), in *Tôku ni arité* (*Dans le lointain*), Mainichi-shinbun-sya, Tokyo, 1975, Kôdan-sya, Tokyo, 1995.

[3] C'est avec son *Kaî chô on* (*Le son de marée*) (1905), anthologie des poèmes parnassiens et symbolistes que la traduction de poésie française a commencé au Japon moderne. Le Japonais que Uéda a employé pour ce premier livre était aussi relevé que classique. Tandis que dans *Boku yô shin*, sa deuxième version éditée après sa mort, il a choisi un style plus libre et franc.

[4] Léon-Paul Fargue, «Dimanches», in *Poésies*, Gallimard, coll. Soleil, Paris, 1963, p. 158.

[5] Léon-Paul Fargue, «Au fil de l'heure pâle», *ibid.*, pp. 156-157.

[6] *Mercure de France*, 1er mai 1914.

[7] Ryuzô Yodono, «Léon-Paul Fargue shi syô» («Poèmes choisis de L.-P. F.») qui contient «Pourrait-elle s'ouvrir encore l'aube», «Retourne aux pays sans amour», «Ils entrèrent au crépuscule», «Une tenture enfin semble filtrer», «Aeternae memoriae patris», «La gare se dressait», «Mauvais cœur», «Le soir se penche avec langueur» et «Romance», in *Shi to shiron* (*Poèmes et arts poétiques*), no. 4 et 5, Kôseikaku-shoten, Tokyo, 1928 et 1929. «Kôhî no oto» («Bruit de café»), Ibid., no. 6 et 7, 1929 et 1930. Traductions en japonais de Paul Valéry, «Notules sur Léon-Paul Fargue» et de Benjamin Crémieux, «Notes pour étude critique» extraits de l'*Hommage à Léon-*

Paul Fargue, Les Feuilles libres, no. 45-46, juin 1927 et sa propre «Léon-Paul Fargue shôden» («Petite biographie de L.-P. F.»), *Shi to shiron,* no. 5, 1929.

8 Daïgaku Horiguchi, «Fargue ikkagen», *Shinchô,* 29ème année, no. 10, 1932. Cela a été repris dans son livre *Hana uri musumé* (*Vendeuse de fleurs*), Daiici-syobô, Tokyo, 1940 et dans ses *Œuvres complètes,* suppléments 2, Ozawa-shoten, Tokyo, 1984. Ajoutons que Horiguchi a appris la peinture avec Marie Laurencin à Madrid alors que cette femme peintre s'y était exilée avec son mari. Ajoutons encore que c'est lui qui a guidé Jean Cocteau lors de son voyage au Japon en 1936.

9 Léon-Paul Fargue, «Suite familière», in *Poésies,* Gallimard, coll. Soleil, Paris, 1963, p. 259.

10 Maurice Blanchot, «Léon-Paul Fargue et la création poétique», in *Faux pas,* nouv. éd. augmentée, Gallimard, Paris, 1971, p. 174.

11 Takéhiko Fukunaga, «Des enfants jouent et crient», «Ils entrèrent au crépuscule», «Dans un quartier qu'endort l'odeur», «Une odeur nocturne, indéfinissable», «La vie tournait dans son passé », in *Sékaï meï sisyû taïsei* (*Bibliothèque de la poésie du monde entier*), t. 4, Héibon-sya, Tokyo, 1962, réédités dans son recueil de traductions, *Zôgé syû* (*Ivoires*), Tarumi-shobô, Tokyo, 1972, nouv. éd. augmentée, Jinbun-syoin, Kyoto, 1979, et dans ses *Œuvres complètes,* t. 13, Shinchô-sya, Tokyo, 1987.

12 Hanya Kubota, «Chanson du rat», «Spleen», «Grenouille américaine», «Chanson du poète», «Chanson du chat», «La Statue de bronze», in *France gendaïshi 29nin syû* (*29 poètes français modernes*), Shichô-sya, Tokyo, 1984.

13 Déjà avant la guerre, par exemple, il y avait Tomojirô Ikénouchi qui a terminé ses études en 1927 au Conservatoire de Paris sous la direction

de Paul Faucher et d'Henri Bussell. Et c'est en 1975 que, pour commémorer le cinquantenaire de la mort d'Erik Satie, le pianiste et musicologue Aki Takahashi a donné une longue série de concerts sous la direction de Kuniharu Akiyama dont nous avons fait mention.

[14] Claudine Chonez, *Léon-Paul Fargue*, Seghers, coll, Poètes d'aujourd'hui, Paris, 1950, p. 41.

[15] *Erik Satie, Sports et divertissements, Paris-Théâtre de la Huchette*, La Forêt Museum, Harajyuku, Tokyo, du 29 oct. au 4 nov. 1988. La traduction a été insérée dans son programme, édité par Téito cooperation, Tokyo, 1988, p. 48.

[16] Edité par Syosi-Yamada, Tokyo.

[17] Edité par Séido-sya, Tokyo, sous la direction de Hanya Kubota.

[18] Léon-Paul Fargue, «La Drogue», in *Epaisseurs, suivi de Vulturne*, Gallimard, coll. Poésie, Paris, 1971, p. 36.

[19] Ajoutons, entre autres, que Daïgaku Horiguchi en 1921, Hanya Kubota en 1961, ont traduit tous les deux «La Disparition d'Honoré Subrac» en japonais.

[20] Editée par Hakusui-sya, Tokyo. Cette collection se compose de 3 vol.

[21] Louise Rypko Schub, *Léon-Paul Fargue*, Librairie Droz, Genève, 1973, p. 170.

[22] Cf. Jean-Paul Goujon, *Léon-Paul Fargue*, Gallimard, coll, N. R. F. Biographies, Paris, 1997. p. 223 sq.

[23] Editée par Hakusui-sya, Tokyo.

[24] Edité par Kawadé-syobô, Tokyo, 2000.

[25] Pour compléter, nous signalerons des traductions les plus récentes faites par nous-même : «I. Prologue ou le vol du bracelet d'or», «Phase II» et «Klagelied», extraits de *Tancrède*,

Gui, no. 76, Tamura-design-jimusyo, Tokyo, 2005, «Lanterne», «Merdrigal» et «Kiosques», extraits des *Ludions*, *Gui*, no. 77, Tamura-

design-jimusyo, Tokyo, 2006. Signalons également que cette série de traductions y compris des commentaires libres intitulées «Léon-Paul Fargue no shi» («La poésie de Léon-Paul Fargue») se poursuivra dans la même revue trimestrielle dirigée par le poète Tatsu OKUNARI.

後記

これは奥成達氏の詩誌「gui」の二十二号（二〇〇四）から八十四号（二〇〇七）にかけて連載したもの、更に仏文の所謂論文を一本にまとめたものである。後者を草したには一寸した因縁があって、或るフランスの本に英訳独訳西訳伊訳をずらりと並べて、これ以外にファルグの翻訳は無い、と決め付けてあったので、要らざるおせっかいとは思いつつも、冗談じゃないこの日本にもこんな人達がいましたよ、と反駁したもので、すると驚く無かれファルグの詩の最初の訳者は本稿に述べた山内義雄だということになってしまった。それを記念してここに併せたのである。一本とするには思潮社の三木昌子さんに大変なお世話を受けた。深く深く感謝する次第である。

二〇〇九年八月一日

秋元幸人

秋元幸人　著訳書一覧

『ローマ』同朋舎出版　一九九五年
『吉岡実アラベスク』書肆山田　二〇〇一年
『吉岡実と森茉莉と』思潮社　二〇〇七年

レオン＝ポオル・ファルグの詩

著　者　秋元幸人《あきもとゆきと》
発行者　小田久郎
発　行　株式会社思潮社
〒一六二―〇八四二　東京都新宿区市谷砂土原町三―十五
電話〇三―三二六七―八一五三（営業）・八一四一（編集）
印　刷　三報社印刷株式会社
製　本　誠製本株式会社
発行日　二〇〇九年八月二十八日